KB123706

헤르만 헤세의 『유리알 유희』 읽기

세창명저산책_029

헤르만 헤세의 『유리알 유희』 읽기

초판 1쇄 인쇄 2014년 12월 15일
초판 1쇄 발행 2014년 12월 20일

–

지은이 김선형
펴낸이 이방원
기획위원 원당희
편집 조환열 · 김명희 · 안효희 · 강윤경
디자인 손경화 · 박선옥
마케팅 최성수

–

펴낸곳 세창미디어
출판신고 2013년 1월 4일 제312-2013-000002호
주소 120-050 서울시 서대문구 경기대로 88 냉천빌딩 4층
전화 02-723-8660
팩스 02-720-4579
이메일 sc1992@empal.com
홈페이지 http://www.sechangpub.co.kr/

–

ISBN 978-89-5586-219-5 03850

이 도서의 국립중앙도서관 출판시도서목록(CIP)은 서지정보유통지원시스템 홈페이지(http://seoji.nl.go.kr)와
국가자료공동목록시스템(http://www.nl.go.kr/kolisnet)에서 이용하실 수 있습니다.
CIP제어번호: CIP2014036301

Hermann HESSE

세창명저산책_029

김선형 지음

헤르만 헤세의 『유리알 유희』 읽기

세창미디어

머리말

    1946년 노벨 문학상 수상자인 헤르만 헤세는 우리나라에서 아직까지도 많은 독자층이 형성되어 있는 작가 중 하나이다. 대부분의 독자들은 헤세의 대표작으로 『데미안』, 『싯다르타』, 『나르치스와 골드문트』를 꼽을 것이다. 그러나 헤세에게 노벨 문학상을 안겨준 작품은 『유리알 유희』이다. 그런데 이 작품을 한번 읽어보고자 책을 펼쳐든 독자라면 제목을 접할 때부터 의문점을 갖게 될 것이다. '유리알'이란 무엇을 의미하고, 헤세는 왜 이 단어를 '유희'라는 단어와 결합시켰는가? 그리고 예술, 철학, 역사학 등에 관한 그의 해박한 지식에 근거를 둔 복잡하고도 난해한 내용 전개에 독자는 결국에는 마치 넘을 수 없는 거대한 벽을 마주하고 있는 듯한 느낌을 받게 될 것이다.

    헤세의 대표작들이 그의 사후 50년이 지난 시점에서도 많은 사랑을 받으며, 그의 이름이 지속적으로 거론되는 이

유는 우선 그가 갈등과 고통 속에서 해결책을 찾으려 하였고, 그 노력의 흔적들이 현대의 독자들에게도 공감대를 형성하기 때문이다. 예를 들어 『데미안』의 주인공 싱클레어는 '사람의 어두운 면'을 설명해주는 '그림자' 현상과 꿈, 충동 그리고 은밀한 소망이 드러나는 무의식의 '동시성 현상'을 보여주는데, 그의 모습은 청년들의 방황과 성장 단계를 잘 설명해주고 있다. 『싯타르타』에는 주인공 싯다르타가 삶 속에서 여러 체험 단계를 거치고, 항상 같으면서도 항상 새로운 강물의 의미를 깨달으며 석가모니처럼 득도를 하는 과정을 보여준다. 불교 교리에 관심을 가지는 독자들에게 『싯타르타』는 교과서적인 책이다. 헤세의 저서 중 가장 많이 팔린 『나르치스와 골트문트』에서 우리는 두 주인공의 삶의 행적을 통해 정신(이성)과 자연(본능과 감성), 아폴로와 디오니소스 정신, 철학자와 예술가 정신의 대립 양상을 경험할 수 있다. 이처럼 헤세 작품은 삶에서 겪을 수 있는 내적 갈등과 고통을 감각적으로 보여주면서 동시에 해결과 치유의 방법을 제시해주고 있는 것이다.

그러던 헤세는 『유리알 유희』에서 인간 개개인의 고통과 갈등을 넘어서, 불확실한 시대 그리고 삶의 중심을 찾지 못하는 시대적 상황에 처해 있는 인류 전체를 위한 혹은 시대사적 해결책을 제시하고자 하였다. 특히 『유리알 유희』 속에서 우리는 당대의 거장들인 프리드리히 니체, 토마스 만 그리고 야콥 부르크하르트를 만날 수 있고 그들의 깊은 사상과 삶의 의미를 되새길 수 있다. 주제적인 면에서 접근해보면, 『유리알 유희』의 주인공 크네히트는 깨달음의 단계를 밟으며 마지막에 가장 이상적인 교육자 상을 제시해주고 있다. 『유리알 유희』의 주요 시사점은 우리의 삶도 여러 체험을 거쳐 단계별로 깨달음을 획득하고 성장해야 한다는 것이다.

사실상 『유리알 유희』는 읽고 이해하기에 많은 노력이 필요한 작품이다. 그러나 헤세의 대표작으로 『유리알 유희』가 손꼽히고 아직도 대표적 고전 작품이라 평을 받는 이유는 『유리알 유희』 속에 구현된 그의 시대사적 연구, 인문학적 · 철학적 사상의 깊이, 그리고 시대정신과 인류의 교육 제도와 미래에 대한 깊은 고뇌일 것이다.

헤세의 작품 중 가장 어렵지만 대표적 작품인 『유리알 유희』해설서를 계획한 출판사의 의도가 놀랍기도 하고 고맙기만 하다. 모쪼록 고전 작품을 사랑하고 관심을 가지는 독자들에게 헤세의 『유리알 유희』해설서가 도움이 되길 빌 뿐이다.

| CONTENTS |

『유리알 유희. 유희의 명인 요제프 크네히트의 회상Das Glasperlenspiel, Versuch einer Lebensbeschreibung des Magister Ludi Josef Knecht samt Knechts hinterlassenen Schriften』(1943)은 독일작가 헤르만 헤세Hermann Hesse, 1877-1962에게 1946년 노벨상의 영광을 안겨준 작품이다. 헤세는 『유리알 유희』를 1931년부터 1942년까지 11년 이상 작업하여 1942년 4월 29일에 완성하였다.[1] 『유리알 유희』는 이 시기에 독일에서는 출판이 어려웠기에 1943년 11월 18일에 스위스 프레츠&바스무트 출판사에서 2권으로, 그후 2차 세계대전이 끝난 1946년에 독일 주어캄프 출판사에서 출간되었다.[2] 1929년의 노벨문학상 수상자며, 헤세와 지속적으로 우정을 나누었던 독일작가 토마스 만Thomas Mann은 『유리알 유희』를 "지성적이며, 낭만적이고 환상적 작품이다. 그리고 완벽하게 응집되어 내면 깊숙이 자리 잡아 완결된 대작"이라고 극찬하고 있다.[3]

헤세의 장편소설 『유리알 유희』는 서문, 12개의 장 그리고 「요제프 크네히트의 유고Joseph Knechts hinterlassenen Schriften」

로 구성되어 있다. 작품은 서문「유리알 유희의 역사에 대한 일반인을 위한 설명서Versuch einer allgemeinverständlichen Einführung in seine Geschichte」로 시작하여,「소명Die Berufung」,「발트첼Waldzell」,「연구시절Studienjahre」,「두 개의 종단Zwei Orden」,「사명Die Mission」,「유희의 명인Magister Ludi」,「재직시절Im Amte」,「양극Die beiden Pole」,「대화Ein Gespräch」,「준비Vorbereitungen」,「회장回章, Das Schreiben des Magister Ludi an die Erziehungsbehörde」,「전설Die Legende」로 구성되어 있다. 12개의 장章 외에 첨부된「요제프 크네히트의 유고」는 그의 시 13편과 3편의「이력서Die drei Lebensläufe」로 구성되어 있다.「이력서」의 각각 제목은「기우사Der Regenmacher」(1934),「고해 신부Der Beichtvater」(1936),「인도의 이력서Indischer Lebenslauf」(1937)이다.

제1부
유리알 유희의 구성

서문과 크네히트의 전기

서문 「유리알 유희의 역사에 대한 일반인을 위한 설명서」는 일종의 논문 형태로, 헤세는 이 속에 당대의 시대 비판과 더불어 자신이 구상했던 '유리알 유희'의 역사, 의미와 내용을 논하고 있다.

제1장 「소명」부터 제12장 「전설」까지는 크네히트의 어린 시절부터 죽음에 이르기까지의 삶이 그려져 있다. 우선 각 장의 내용을 간략하게 소개해보면, 1장 「소명」에서 "부모를 일찍 여윈" 크네히트는 "조용하고 명랑하면서도 빛나"

며 "음침하거나 광신적인 면"제5권 39쪽*은 없는 천성의 소유자로 묘사된다. 그런 그가 "열두 살이나 열세 살"제5권 41쪽 되었을 때 베롤핑엔Berolfingen 라틴어 학교에서 음악 명인der Magister Musicae에 의해 선발되어 에슈홀츠Eschhoz 학교에 배속받게 된다. 그리고 음악 명인이 크네히트의 내적 성장에 도움을 주는 내용과 더불어 카스탈리엔의 교육제도에 대해 설명된다. 2장 「발트첼」에서 크네히트는 "보편성과 학문과 예술을 긴밀히 연결하려는"제5권 74쪽 발트첼에서 공부하다가 그곳에서 임시 청강생 플리니오 데지뇨리Plinio Designori와 만나게 된다. 3장 「연구시절」에서는 24세가 된 크네히트가 발트첼에서의 수업을 마치고 카스탈리엔에서 연구 시절을 보내는 이야기가 전개된다. 4장 「두 종단」에서는 유희의 명인의 명으로 크네히트가 마리아펠스Mariafels 수도원에서 카스탈리엔의 대표로 거주하면서 그곳에서 만난 야코부스Jakobus 신부와 교류를 하는 것이 묘사된다. 5장 「사명」에서 37세가 된

---

* 헤세 전집(Hermann Hesse, *Gesammelte Werke in 20 Bänden*, Frankfurt/M., 2002)에서 번역 인용하였다. 본문에서 출처는 권차와 쪽수만 표기하였다.

크네히트는 유희의 명인으로부터 카스탈리엔의 정신을 야코부스 신부에게 알리라는 명을 받게 된다. 6장 「유희의 명인」에서는 40세가 된 크네히트가 유희의 명인이 되는 과정들이 그려진다. 크네히트가 유희의 명인으로 오르는 취임식은 바티칸에서의 교황 취임식과 같이 "황제의 궁전의 궁내장관과 같이 전통적인 질서를 유지하는 데 도움을 주는" "종단 본부의 대변인"제5권 203쪽에 의해 이루어진다.[4] 7장 「재직시절」에서는 유희의 명인으로서 크네히트의 역할과 음악 명인의 죽음에 관한 이야기가 묘사된다. 8장 「양극」에서는 크네히트가 유희의 명인으로서의 업적을 쌓고, 야코부스 신부의 영향을 받으면서 역사 연구에 몰두하는 모습이 묘사된다. 9장 「대화」에서는 크네히트가 양심적으로 유리알 유희의 명인으로서의 업무를 행하는 모습과 "카스탈리엔의 재정을 감독하는 정부위원회의 일원"제5권 263쪽이 된 데지뇨리와 히르슬란트Hirsland에 있는 종단 본부에서의 만남이 묘사된다. 10장 「준비」에서 데지뇨리가 자주 발트첼을 방문하면서 크네히트도 데지뇨리에 대해 더 많이 알게 된다. 유희의 명인이 된 지 8번째 되는 해 크네히트는 데지뇨리의 집을 방문하는 내용이 묘사된다. 11장 「회장」에서 크네히트는 교육국에 사직편지를 보낸다. 12장 「전설」에서는 종단본부 수석인 알렉산더가 크네히트의 사직 결정을 바꾸려고 애썼지만, 그는 속세로 나와 데지뇨리의 아들과 함께 호수에서 수영을 하다가 죽음에 이르게 된다.

요제프 크네히트의 유고

제2장 「발트첼」 장에 크네히트의 시에 관한 설명이 나온다. 크네히트의 시들은 그의 친구이자, 후에 몬테포르트Monteport 음악도서관 사서장이 되었다가 교육국에서 제2의 고위층이 된 카를로 페르몬테Carlo Fermonte의 사본으로 남아 있으며, 크네히트의 젊은 시절에 창작되었음이 밝혀져 있다. 크네히트의 시들은 유리알 유희의 역사와 체제에 대한 자신의 내적인 견해를 표현하여, 『유리알 유희』의 테마와 모티브들을 변형[5]하면서 작품 전체의 플롯을 보충하고 확장하는 역할을 하고 있다. 실상 카스탈리엔의 규칙에는 시를 창작하는 것이 금지되어 있다. 그러나 크네히트는 자신

의 시를 통해 "카스탈리엔의 어떤 규칙에 대해서는 다소 회의적이었다는 것"과, 이것이 "데지뇨리의 영향을 받으며 체험한 깊은 동요와 근본적인 회의"제5권 93쪽임을 밝히고 있다.

제3장 「연구시절」에는 카스탈리엔의 연구자들은 연구시절 동안 자신들의 분야를 자유롭게 선택할 수 있으되, 매년 자신의 이력서를 작성해야 하는 의무를 지니고 있음이 설명된다. 이 이력서들은 "자의적"이고, "상상력의 연습이며 유희"제5권 100쪽면서 "공식적인 문학적 작업"이다. 이력서의 내용은 "임의의 과거의 어느 시대로 자신을 옮겨 놓는 가상의 자서전"으로 "예전 시대의 환경과 문화 속, 즉 정신적 풍토에 잠겨보고 그 속에서 자기에게 부합되는 생활을 생각해 보는 것"제5권 100쪽이다. 즉, 카스탈리엔에서 이력서를 쓰는 일은 일종의 유희인 것이다. 크네히트가 쓴 3편의 이력서 속에는 인류의 다양한 시대와 문화 속에서의 인물들이 묘사되어 있다.

제2부
유리알 유희의 사회, 정치적 배경

시대적 상황

혜세는 1931년부터 스위스에서 『유리알 유희』를 구상하여 작품을 쓰기 시작하였다. 『유리알 유희』는 독일의 경제적·정치적 상황의 격변이 이루어지는 시기에 집필되었다. 1929년부터 시작된 세계 경제 대공황의 여파로 독일에서는 '검은 금요일'이라는 악명으로 불리는 1929년 10월 25일에 증시가 폭락되는 사태가 초래되었다. 그 결과 독일에서는 6백만 명의 실업자가 발생하였다. 경제적 궁핍의 문제 외에도, 사회 내부에서 좌우의 급진적인 정치 선전이 난

무하는 시기였다. 1923년 11월 8일에는 뮌헨의 뷔르거브로이켈러Bürgerbräukeller에서 히틀러의 나치당(국가 사회주의 독일 노동당)에 의한 뮌헨 폭동(맥주홀 폭동)이 있었고, 1930-1931년에는 나치와 공산주의 사이에 싸움이 지속되었다. 히틀러는 1933년 정권을 잡으면서 전체주의적 문화정책을 펼쳤는데, 그중 가장 대표적인 것이 1933년 5월 10일 독일 전역에서 벌어진 분서사건이다. 주로 반나치 지식인, 좌익과 유대인의 책들이 그 대상이었는데, 베르톨트 브레히트Bertolt Brecht, 토마스 만, 하인리히 만Heinrich Mann, 지그문트 프로이트Sigmund Freud 그리고 칼 마르크스Karl Marx 등의 서적들이 불태워진 사건이다. 나치의 문화정책은 인종정책과 결부되어 진행되면서, 사회적 방어 장치로서 아리아인의 우수성을 보호한다는 명목으로 독일인과 열등민족과의 혼혈이 이루어지지 못하도록 하였다. 특히 1935년 유대인의 공무 담임권을 박탈한 뉘른베르크법을 통하여 유대인에게서 독일 국적을 박탈하고 유대인과 독일인의 성관계와 결혼을 금지하였다. 당시의 시대적 상황에 대한 생생한 인상을 헤세는 1933년 3월 말 헤르만 후바허에게 보낸 편지에서 다음과

같이 말하고 있다.[6]

라이프치히의 한 망명자인, 사회주의 작가가 8일 전부터 우리 집의 손님이다. 어제는 토마스 만도 왔다(그러나 그는 우리 집에는 머무르지 않았다). 독일에는 현재 3만 내지는 4만 명이 그들의 신념 때문에 체포되었고, 많은 사람이 고문당하고, 구타당한다. 거의 모든 이가 잔혹하게 당하고 있고, 대부분이 심한 학대를 받고 있다. 독일의 소수민족박해는 이탈리아의 파시즘 정권하에 이루어지는 모든 악의의 찬 것보다 더욱 격렬하고 잔인하고 추잡하다. 여기에 유대인 학대는 잔악한 호랑이들이 생각해 낼 수 있는 것 중 가장 품격 없는 것이다. 이것은 마치 나에게 1914년에 행해진 사건과 마찬가지이다. 내가 모든 관점에서 언급했었던바, 나라의 여론은 모든 이를 공격하고, 내가 신뢰하고 나에게 성스러운 모든 것을 추적하였다. 이것은 미움의 싹이었다. 독일의 (지금의 순교자인) 공산주의자가 (아마도 여러 해 만에 비로소) 한 번은 일으킬 폭동들은 두 배로 증대할 것이고 잔인하고 피비린내가 날 것이다. 화형장만 없을 뿐이다.[7]

나치 정권의 공포 정치에 대한 헤세의 항의의 표현은 『유리알 유희』에서도 명백히 드러난다.[8] 프리츠 테굴라리우스Fritz Tegularius에 의해 작업된 '교육국에 보내는 유희의 명인의 서한'에서도 나치 시대의 위기와 지식인의 의무감은 다음과 같이 묘사되어 있다. "어떤 사람이 구석방에서 면밀한 연구를 하고 있을 때, 집 아래쪽에서 틀림없이 화재가 일어났다는 것을 느꼈다고 합시다. 그는 그것이 자기 직무인지 아닌지, 목록을 정리하는 것이 더 나은지 생각할 겨를도 없이 뛰어 내려가서 집을 구하려고 할 것입니다"제5권 317쪽. 다음과 같은 헤세의 진술 또한 그의 이러한 의도를 명맥하게 해준다.

나에겐 두 가지가 의미 있다. 하나는 세상의 부패에 저항하며 내가 숨 쉴 수 있고 살아갈 수 있는 도피처이자 성곽이고 정신적 공간을 설립하는 것이다. 다른 하나는 야만적 권력에 대한 정신의 저항을 표현하고 될 수 있는 한, 저편 독일에서 나의 친구들이 저항하며 견디어낼 수 있도록 힘을 주려는 것이다.[9]

문화비판

서문에서 헤세는 당대의 시대상을 다음과 같이 비판하고 있다. 헤세는 20세기를 "진정한, 독자적으로 확립한 존경받는 법칙, 참되고 새로운 권위와 합법성을 아직 찾아내지 못했던"제5권 15쪽 사람들이 삶의 중심을 찾지 못하는 시대로 평한다. 또한 헤세는 20세기를 정신이 결여되거나 빈곤하지는 않았지만, "정신을 쓸 줄 모르는"제5권 14쪽 "문예란시대das feuilletonistische Zeitalter"라고 지적한다. 가상의 문화사가 플리니우스 치겐할스제5권 14쪽가 '문예란시대'를 언급하는데, 그 현상들은 다음과 같다.

이런 장난 같은 글을 쓰는 사람들 중에는 신문사 편집부에서 일하는 사람도 있었고, 일부는 '자유' 문필가, 때로는 시인이라고 불리는 사람까지 있었다. 그들 중 상당수는 학식 있는 계급에 속했고, 심지어 이름 있는 대학교수들도 있었던 것 같다. 그러한 글 가운데 인기 있었던 것은 유명 인사의 생활이나 그들의 편지 왕래에서 나온 일화들 같은 것이었다. …

그뿐 아니라 부유층의 일상 대화의 재료를 역사적으로 고찰하는 것이 인기를 끌었다. … 한때는 시사문제에 대해서 유명인들에게 질문하는 것이 유행이었다. 가령 유명한 화학자나 피아니스트들에게 정치에 대한 견해를 묻고 인기배우, 무용가, 체육가, 비행사 혹은 시인에게까지 독신 생활의 장단점이나 금융 위기의 원인이라고 추정되는 것 등에 대해 이야기하도록 만든다. … 그날그날의 모든 사건에 대하여 급하게 성의 없이 쓴 글들이 홍수처럼 쏟아져 나왔고, 이 모든 정보를 끌어모아서 가려내고 기사화하는 일은 급속도로 무책임하게 대량 생산되는 상품과 완전히 같은 길을 밟고 있었다. … 강연 또한 성행했는데, … 사람들은 자기가 작품을 한 번도 읽어본 적도 없고 또 읽을 생각을 해보지 않은 시인들에 대한 강연을 들었고, 추가로 환등기로 상영해주는 사진들까지 보았으며, 신문 오락란에서와 마찬가지로 단편적이고 본연의 의미를 상실해 버린 교양물과 단편적 지식의 홍수 속에서 허우적거렸다제5권 16쪽 이하.

헤세는 "「프리드리히 니체와 1870년경의 부인들의 유행」, … 「수세기에 걸친 인조금에 대한 꿈」, … 「독신생활의 장단점과 금융 위기의 원인」제5권 16쪽 등과 같은 당시의 글들을 정신의 "장난질"에 의한 것이라 평하고, 이러한 글들의 대다수를 언론인, 문인, 시인, 대학교수가 생산해내고 있다고 지적한다. 헤세는 이러한 시대를 "단편적이고 본연의 의미를 상실해버린 교양물과 단편적 지식의 홍수"로 만족하는 "문예란시대"로 정의 내린다. 이런 "문예란시대"의 작품들은 "교양을 요구하는 독자의 중요한 자양분이 되었지만" "지식에 대해 보고하기보다는 잡담을 늘어놓은 것 같다"제5권 16쪽 이하라고 그는 폄하한다. 그리고 이러한 "문예란시대"의 작품들이 "기계적으로 생산된 원고"제5권 16쪽이고 "대량생산"제5권 17쪽된 것이기에, 작가는 이 시대를 "정신의 권위 상실, 상업화, 자포자기화"제5권 15쪽된 시대라고 단정한다. 또한 사람들은 읽어본 적도 없는 시인들에 대한 강연들을 들으며 만족한다며 혹평한다. 헤세는 이러한 "문예란시대"가 융성하게 된 것은 시대의 불확실성에서 유래한다고 평가한다.

그는 이 시대의 상황이 "기계화된 살풍경한 생활과 매우 저하된 도덕관념, 상실된 민족의 신앙과 예술의 불순성"제5권 19쪽을 지닌 것으로 보고, 그러기에 사람들은 "정신생활의 불안정과 진실성이 결여"되었음을 느끼고 "끔직한 불확실성과 의혹"제5권 19쪽을 품게 되었다고 파악한다. 또한 사람들은,

풀 길 없는 문제들과 두렵기 그지없는 몰락의 예감으로부터 두 눈을 감고 가능한 한 천진난만한 환상의 세계로 도피하고 싶은 심각한 욕구에 따른 것이었다. 그들은 끈질기게 자동차 운전이나 어려운 카드놀이를 배우며 꿈꾸듯이 크로스워드 퍼즐에 빠져 있었다. … 왜냐하면 그들은 교회에서는 위안을 얻지 못하고 정신으로부터의 어떠한 조언도 받지 못했으며 죽음이나 불안, 고통이나 굶주림에 대하여 거의 무방비 상태 였기 때문이다. 그만큼 많은 글을 읽고 강연을 들으면서 공포에 대한 방어를 강화하고 죽음에 대한 깊은 불안을 정복하기에 시간과 수고를 아꼈다. 그저 떨면서 하루하루를 살아갔고 내일이라는 것을 믿지 않았다제5권 18쪽 이하.

헤세는 당시에 그 어디에서도 위안을 찾지 못하는 사람

들이 "죽음에 대한 깊은 불안을 정복하기에 시간과 수고를 아꼈다"고 평한다. 또한 사람들은 현실 속에서 정치적·도덕적 책임을 지려하기보다는 환상과 교양의 세계에 빠지게 되었다고 평가하며, 당시의 "몰락의 분위기"를 보여주는 그 시대의 현상들을 열거하고 있다. 이러한 문명 위기에 대한 헤세의 생각은 유럽의 문명이 몰락의 단계에 도달했다고 예언하던 오스발트 슈펭글러의 『서구의 몰락*Untergang des Abendlandes*』(1918-1922)에서 영향을 받았다.

헤세의 문예란과 당대의 시대 비판에 대해 오토 코라디 Otto Korradi는 "문예란시대와 그의 시대를 조롱한 저서에 대해 문예란에서 사랑을 기대한다는 것은 무의미할 수도 있다"며 『유리알 유희』 속에서 헤세의 문예란시대론에 대한 비판적 입장을 밝히고 있다.[10]

정치적 입장

서문의 성립사를 살펴보면 당시의 정치적 상황에 대한 헤세의 입장을 살펴볼 수 있다. 서문의 첫 번째 판은 독일에서 정치적인 갈등으로 인해 직접적이고 격한 싸움들이 일어났던 1932년에 완성되었다. 헤세는 1933년 7월 자신의 『유리알 유희』 서문을 읽고서는, 시대적 상황을 너무 적나라하게 드러내는 내용이었기에 독일과 히틀러라는 단어를 없앴다.[11] 그리고 그는 서문 전체를 보다 객관적이고 거리를 유지하는 방법으로 수정하기로 결정하여, 1933년 7월부터 다시 집필하였다. 이런 과정에서 완성되어서인지, 서문에서의 시대 비판은 문화적인 측면에서의 문제가 중심을 이루고 정치적 언급은 완화되어 표현되어 있다.[12]

헤세는 당대의 현실정치에 대해 제4장 「두 개의 종단」에서 야코부스 신부의 말을 통해 자신의 입장을 피력한다. 야코부스 신부는 역사 속 인물들을 거론하면서 "진정으로 위대한 사람과 위대하게 보이는 사람"을 구분하는 것이 쉬운 일이 아니라고 말한다. 그리고 진정으로 위대하지 않아도 역사적 기회를 붙잡아 일시적인 성공을 거둔 사람의 경우를 "위대함의 증거"라고 보는 역사가, 전기 작가와 저널리스트가 있음을 지적한다. 헤세는 "위대하게 보이는 사람"의 한 예로서 "하루아침에 독재자가 된 하사관"^{제5권 151쪽}을 언급하고 있다. '하루아침에 독재자가 된 하사관'이란 1차 세계대전 때 하사관으로 참전한 히틀러를 말하는 것이다. 1933년 1월 30일 히틀러가 제1당인 나치당의 당수로서 총리에 임명되는 것을 본 헤세가 1932년에 이미 완성된 『유리알 유희』의 서문을 다시 집필하면서, 당시 총리가 된 히틀러를 작품 속에서 독재자로 언급한 것으로 유추해보면 당대의 현실정치에 대한 헤세의 비판적인 견해를 확인할 수 있다. 이러한 측면에서 독일문예학자 한스 마이어Hans Meyer는 『유리알 유희』를 "독재정치가 끝난 후에 정신적 출발을 위한 신호"로 간주하며 헤세를 "위대한 인도주의자"[13]라 평하였다.

그러나 헤세의 현실참여는 직접적인 정치 관여가 아니다. 현실참여에 대한 헤세의 입장은 제11장 「회장」에서 크네히트의 결정을 통해 확인할 수 있다. 「회장」에서 크네히트는 카스탈리엔을 떠날 것을 결정하면서 외부세계와 마찬가지로 카스탈리엔 내부에서의 정치의 의미 혹은 현실참여가 필요함을 역설한다. 『유리알 유희』의 마지막 부분에서 크네히트가 카스탈리엔을 떠나 현실참여를 표명하였기 때문에, 『유리알 유희』는 일종의 참여문학Literatur engagée의 형태로 발전한 것으로 평가된다. 그러나 헤세의 정치 혹은 현실 참여는 교육과 봉사의 형태로 나타난다. 헤세의 교육관과 봉사의 형태는 크네히트와 3편의 「이력서」에 나타나는 인물들의 삶의 형태를 통해서도 확인할 수 있다.

제3부
유리알 유희

유리알 유희의 의미

'유희의 명인Magister Ludi'에서 Ludi는 게임, 경기, 유희라는 뜻의 라틴어 Ludus의 복수형이다. '유리알 유희'에서 유리알은 주판이나 바둑에서 쓰이는 유희를 위한 돌로 상상할 수도 있을 것이다. 그러나 작품 속에서 '유리알 유희'의 역사와 이론에 대해서는 암시만 되어 있고 유리알이 무엇인지 분명하게 설명되지 않는다. 헤세는 1927년 기록에서 자신의 유희 충동을 다음과 같이 말하고 있다.

나로 말하자면, 시간은 나에게는 별 가치가 없으며, 몇 날,
몇 주일, 심지어는 몇 달을 허송세월로 보내고 어떠한 유희
를 하며 나의 삶을 낭비하는가를 행실 바른 사람이나 근면한
사람이 알게 된다면, 나와는 악수조차 하지 않을 것이라고
생각한다.[14]

유희 충동을 가진 것을 부정적으로 표현하였던 헤세의
유희 충동은 그러나 『유리알 유희』를 통해서는 긍정적으로
결실을 맺고 있다. 자신의 유희를 찾는 것과 천진난만한 유
희를 진지하게 행하는 것이 작가에게 이루어진 것이다. 유
희하는 것 그리고 유희할 수 있는 것은 사회와의 관계임을
네덜란드의 문화사학자 호이징가Johan Huizinga의 『호모 루덴
스. 놀이하는 인간. 유희에서의 문화의 기원에 대하여Homo
Ludens. Vom Ursprung der Kultur im Spiel』(1938)에서 찾을 수 있다.[15] 호
이징가는 자신의 저서에서 유희의 개념을 '사회적인 역할'
을 지닌 '행위의 형태'[16]로서 '삶을 증명'[17]하는 것이며, 문화
가 유희에서 발전 과정을 통하여 나타났음[18]을 설파하였다.
호이징가는 유희의 일종으로 철학, 문학, 수사학과 음악을

꼽으면서 제식과 정치에서도 유희적 요소를 찾았으며, 마지막으로 현대 유희의 일종으로 스포츠를 꼽고 있다.

헤세도 20세기가 지니고 있는 위기를, 자신이 구상한 교육적 유토피아 공간인 카스탈리엔 제도 속에서 수행되는 '유희'를 통해 해결할 수 있다고 생각한다. 그는 자신의 『관찰과 보고Betrachtungen und Berichte』 중 「책 읽기Bücherlesen」(1920)라는 글에서 유희와 유희자의 개념을 다음과 같이 정의한다.

그(시인)는 그러기를 원한다면, 완전히 어린이다. 그는 모든 것을 가지고 유희한다. 그리고 어떤 관점에서는 모든 것과 유희하는 것처럼 수확이 많으며 풍요로운 것은 없다제14권 369쪽.

헤세는 『관찰과 보고』 중 「영혼에 대하여Von der Seele」(1917)에서도 욕구나 목적을 지니지 않은 순수한 영혼에 대해 다음과 같이 말하고 있다.

의지의 시선은 순수하지 못하고 소모적이다. 우리가 더 이상 갈망하지 않고, 우리의 관점이 순수한 관찰이 될 때 비로소 사물의 영혼이, 아름다움이 나타난다제13권 370쪽.

    의지와 목적을 지니는 어른들의 행위와는 대립된 행위로
서, 어린이의 세계로의 교량 역할을 할 수 있고 목적을 추
구하는 현실을 극복할 수 있는 것은 다름 아닌 유희라고 헤
세는 보는 것이다. 헤세는 1935년에 자살한 동생 한스와의
추억을 적은 글인 「한스에 대한 기억Erinnerung an Hans」(1936)에
서 한스를 유희에 재능 있는 인물로 기억하며, 다음과 같이
말하고 있다. 헤세는 "유희를 하면서 완전히 개방되어 세계
의 무거운 질서를 잊어버릴"제12권 341쪽 준비가 되어 있었다고
한스를 기억한다. 그러면서 계속해서 유희는 목적은 없을
지 모르지만 의미가 없는 것이 아니며 오히려 대단히 풍요
로운 결실을 맺을 수 있음을 강조하고 있다.
    헤세가 『유리알 유희』에서 말하는 유희란 호이징가가 말
한 "성스러운 진지함으로서의 유희"[19]와 같이, 어린아이와
같은 유희와 진지함이 결합된 자신의 고유한 유희를 뜻하
는 것이다.[20] 즉, 헤세는 유희를 의미 있는 형태, 사회적 활
동이며 "정신 훈련의 집중된 자신감"제5권 28쪽으로, 비물질적

요소의 발현으로 표현하면서 유리알 유희의 다양한 대상을 다음과 같이 설명하고 있다.

음악과 수학

헤세는 「서문」에서 시대의 몰락이 이루어지는 상황에서 도 "깨달음과 자기 검토를 단행하여" "정신에 충실하고, 좋은 전통이나 교육, 방법, 지적인 양심의 핵심을 온 힘을 다해 이 시대 끝까지"제5권 20쪽 이하 구하려는 집단이 있음을 말하고 있다. 첫 번째 그룹은 "음악사에 대한 탐구와 교수법으로 도피한" 학자들의 모임인데, 그들은 "문예란 세계 한가운데서 모범적으로 깨끗하고 양심적인 연구 방법을 육성하는" 그룹이다. 두 번째 그룹은 "지적인 훈련보다는 영혼의 수행을 쌓고, 경건한 마음과 외경을 키우는 데 힘쓰는" 제5권 21쪽 동방순례자의 결사였다. 이 두 그룹에 의해 문화의 개념이 생기게 된 근원에 접근했는데, 그것은 "음악사와 음악 미학이고, 그다음이 잇달아 일어난 수학의 비약적인 발전이며, 거기에 동방순례자들의 지혜에서 나온 한 방울의 기름과 음악의 새로운 이해와 해석에 긴밀히 관련해서 문화의 연령 문제에 대한 저 체념적이고도 명랑하며 의연한 태도"제5권 22쪽라고 밝히고 있다. 즉, 헤세에 의하면, 유리알 유희의 첫 번째 대상은 음악과 수학인 것이다.

예술, 철학, 종교

헤세는 제3장 「연구시절」에서 '유리알 유희'의 의미를 전지적 작가 시점에서 헤겔의 변증법적 방법으로 다음과 같이 정의한다.

이 유명한 유희는 한때 몇 세대 전에 일종의 예술의 대용물로 시작되었다. 그러나 그것은 적지 않은 사람들에게는 점차 하나의 종교로 변하게 되었다제5권 121쪽.

헤세는 크네히트로 하여금 '유리알 유희'의 의미에 대해 성찰하게 한다. 크네히트는 '유리알 유희'가 첫 번째로 예술의 대용물이 되었지만 종교를 추구하는 것으로 발전했음을 깨닫는다. 유희의 명인인 토마스 폰 데어 트라베Thomas von der Trave는 크네히트를 집으로 초대해 '유리알 유희'의 의미에 대해 다음과 같이 설명한다.

우리의 유리알 유희는 철학을 위한 일종의 도구로 쓰려고 생각할 거요. … 유리알 유희는 철학도 종교도 아니야, 독특한 훈련이며, 그 성격에 있어서는 무엇보다 예술에 가장 가까운 쪽이오제5권 125쪽 이하.

유희의 명인은 철학이 '유리알 유희'에서는 하나의 교육적 방법이며, '유리알 유희'가 추구해야 할 마지막 단계는 예술과 미학임을 밝히고 있다.

미학과 윤리

크네히트는 유희의 명인 토마스 폰 데어 트라베가 말한 '유리알 유희'의 마지막 단계인 미학에서 더 나아가 윤리적인 의미를 성찰하는 단계에 도달한다.

크네히트의 마음속에 나타난 것은 확실히 미적인 것과 윤리적인 것 사이에 벌어진 낡은 대립이었다제5권 121쪽.

헤세는 '유리알 유희'의 의미를 헤겔의 변증법 방법에서 시작하여 키르케고르Søren Aabye Kierkegaard의 저서 『이것이냐 저것이냐Entweder oder』(1843)의 의미로 성찰한다.[21] 키르케고르의 이 책은 사회적 책임을 지고 윤리적 생활을 하는 중년의 B가 탐미적 생활을 하는 청년 A에게 보내는 충고 형식의 글이다. 그중 제10장 「인격형성에 있어서의 미적인 것과 윤리적인 것의 균형」에서 키르케고르는 미적인 것과 윤리적인 실존의 균형의 문제를 이야기한다.[22] 크네히트는 키르케고르가 말하는 미적인 것과 윤리적인 문제의 갈등이 카스탈리엔 전반에 자리 잡고 있음을 인식한다.

즉, 헤세는 철학, 문학, 수사학, 음악, 제식, 정치, 스포츠를 유희의 대상으로 보는 호이징가처럼 음악, 수학, 예술, 철학, 종교 그리고 나아가 미학과 윤리를 카스탈리엔의 유리알 유희가 다루는 대상으로 제시하고 있다.

제4부
유리알 유희의 교육

카스탈리엔

　제1장 「소명」에서 『유리알 유희』의 주요 배경이 되는 장소인 카스탈리엔은 괴테Johann Wolfgang von Goethe의 『빌헬름 마이스터의 편력시대Wilhelm Meisters Wanderjahre』(1829) 속에 등장하는 교육주die Pädagogische Provinz에서 유래되었음이 밝혀져 있다제5권 53쪽 참조.[23] 카스탈리엔은 아폴로 신전의 피티아Pythia 여사제가 신탁을 전하기 위해서나, 순례자들이 신전에 들어가기 전에 몸을 씻는 신성한 샘을 일컫는 카스탈리아Castalia에서 유래한 것으로, 정화의 의미와 탈세속의 의미를 지닌다.[24]

헤세는 카스탈리엔을 인간의 정신을 대상화시키는 유리알 유희를 연구하는 완벽한 유토피아적인 공간으로 설명한다.[25] 즉, 순수 정신을 추구하는 카스탈리엔은 전쟁으로 인한 황폐화와 충동으로 점철된 시대의 혼동과는 대립된 세계이다. 카스탈리엔의 정신은 부르크하르트Jacob Burckhard의 저서 『세계 역사의 관찰Weltgeschichtliche Betrachtungen』(1905) 속에서 언급되는 문화의 의미에서 찾을 수 있다.

우리는 문화를 임의로 일어나고 또 그 어떤 보편적 타당성이나 강제적 타당성을 요구하지 않는 정신적 발전의 종합이라고 일컫는다. … 나아가 문화는 순박하고 충동적인 행동이 성찰적인 능력으로 바뀌는 수많은 형태의 과정이다.[26]

부르크하르트의 정의에 따르면 문화는 성찰과 정신의 세계이다. 헤세의 카스탈리엔은 부르크하르트가 말하는 문화의 세계, 즉 성찰과 정신의 세계이다. 카스탈리엔은 영재들이 순수학문을 자유롭게 정진할 수 있는 순수 미학적 세계이고 고도의 지적 세계를 추구한다. 헤세는 카스탈리엔을 인류와 정신적 엘리트가 간직한 문화적 유산의 상징으로 보고 있다. 카스탈리엔은 "음악가, 예술사가, 언어학자, 수학자와 그 밖의 학자"제5권 210쪽의 양성을 목표로 한다. 카스탈리엔은 스무 명으로 구성된 지도부라는 선별 조직을 통해 속세의 학교에서 창조적 소수인 영재를 선정하여, 속세와 격리되어 살게 하면서 교육하여 정신적·문화적 삶의 번영을 위하여 일할 수 있는 인재를 양성한다. 학생 선발은 시험에 의한 것이 아니라 "교사들의 자유로운 판단에 따라 선발되어 카스탈리엔 교육청에 추천된다"제5권 54쪽. 제7장 「재직시절」에서 유희의 명인이 된 크네히트는 초보자를 위한 유희교사의 양성 강습이 끝나고 난 뒤, 유희교사와의 공동체 의식을 느끼면서 카스탈리엔의 창조적 소수가 "시 정신과 개별 과학"제5권 214쪽을 다루며 정신적·문화적 삶의 번성을 위해 교육하려 노력해야 한다며 다음과 같이 말한다.

우리가 항상 전체 정신생활의 정상에 머물면서 학문의 모든 새로운 성과와 새로운 시야, 문제점을 정신 차리고 우리 것으로 만들어, 우리의 보편성, 즉 우리의 고귀하지만 위험한

구석도 있는 유희의 전일성의 사상으로 늘 새롭게, 늘 또다시 너무도 사랑스럽고 설득력 있고 유혹적으로 매력적으로 형상화시키고 이끌고 나가, 아무리 진지한 연구자나 아무리 부지런한 전문가라도 그 경고와 유혹과 매력에 끌리지 않을 수 없도록 만드는 일이다제5권 211쪽.

카스탈리엔 내부에서 "자유로이 연구를 계속하면서 교육국이나 종단에서 근무하지 않은 후보자들"제5권 204쪽 중에는 영재들이 있고, 이들은 복습교사라고 불린다. 이들은 종단이 요구하는 삶의 규율을 지키면서, 카스탈리엔의 정신적 세계 속에 독립적이고 책임감 있는 인격체로서 자신이 원하는 학문에 매진할 수 있다.

풍족한 생활뿐 아니라 결혼 혹은 가정을 포기했고, 일종의 수도승 단체로서 세상의 일반적인 경쟁을 떠나 재산도 명예도 직책도 모르는 채 물질적으로는 극히 검소한 생활에 만족하고 살았던 것이다제5권 56쪽.

안락한 생활이나 훌륭한 의복, 금전 혹은 직함을 바라는 경우 그는 준엄한 규제에 부딪혔다제5권 56쪽.

그는 어떤 전공도 스스로 선택하지 않아. 그는 자신의 재능을 선생보다 더 잘 판단할 수 있으리라 생각하지는 않는다는 것이지제5권 64쪽.

카스탈리엔에 소속된 영재들은 종단의 규율에 따라, 겸허와 복종의 삶을 살면서도 정신적 자유를 누리며 정신적인 일이나 학문에 몰두하여 교육을 받고, 마지막에는 종단에 봉사하는 의무를 지닌다. 헤세는 그의 후기 편지 속에서 카스탈리엔이 미래에만 존재하는 것이 아닌, 실질적인 세계와 분리되어 정신적인 사물에 헌신하는 예술가와 지식인의 모습으로서 현재에서도 존재한다고 말하고 있다.[27]

카스탈리엔의 교육수단: 음악과 명상

1) 음악

영재를 양성하고 정신적인 학문세계를 추구하는 카스탈리엔에서의 교육의 주요수단은 음악과 명상이다. 음악은 카스탈리엔에서 유일하게 인정되는 예술이며, 유희의 형태를 알려준다. 1934년 11월 3일 휴가차 로마로 여행을 간 아내 니논Ninon에게 보내는 편지에서 헤세는 중국의 진나라 재상 여불위呂不韋의 『여씨춘추呂氏春秋』[28]를 인용하면서, 음악을 고전 음악과 몰락의 예술로 구분하였다. 이 편지에서 헤세는 바흐Johann Sebastian Bach의 음악을 고전적이고 품위 있는 음악으로, 슈트라우스Richard Strauss와 바그너Richard Wagner의 음악을 몰락과 도취의 예술이라 구분한다. 서문 「유리알 유희의 역사에 대한 일반인을 위한 설명서」에서도 헤세는 여불위의 『여씨춘추』를 인용하면서 하나라와 은나라의 폭군이 좋아하고 초나라를 몰락하게 한 원인이 "마귀의 음악", "음란한" 음악 때문으로 평가하고, 태평시대의 음악은 "평화롭고 즐거운 것"제5권 25쪽으로 파악한다. 그리고 계속해서 헤세는 음악을 다음과 같이 설명한다.

완벽한 음악은 어떤 동기가 있어야 한다. 음악은 마음의 균형에서 나타난다. 마음의 균형은 공평한 데에서 생기고, 공평한 것은 천하의 도에서 발생한다. 도를 깨달은 사람이 서로 음악에 대해서 말을 할 수 있다제5권 24쪽.

헤세는 음악이 카스탈리엔에서의 교육의 핵심이 되어야 하는 이유를 밝히고 있다. 즉, 여불위에 따르면 음악은 "도량"에서 생기고 "천지의 조화"와 "균형"제5권 24쪽을 바탕으로 하기에, 음악을 이해하는 이가 천하의 뜻을 깨달은 사람이라는 것이다. 크네히트는 카스탈리엔이 추종하는 음악은 1500년에서 1800년 사이 고전주의 시대의 음악임을 밝히며 다음과 같이 말하고 있다.

우리는 고전 음악을 우리 문화의 정수요, 총화라고 여긴다. 그것은 우리 문화의 가장 분명하고 독특한 몸짓이자 표현이기 때문이다. 이 음악 속에 우리는 고대와 기독교의 유산을,

명랑하고 용감한 경건함의 정신을, 탁월한 기사도의 도덕을 담고 있다. 왜냐하면 모든 고전적인 문화의 태도는 궁극적으로는 도덕을, 태도로 응축된 인간 행동의 모범을 의미하기 때문이다. 1500년에서 1800년 사이에 정말 다양한 음악이 만들어졌는데, 양식과 표현 수단은 가지각색이지만 그 정신, 아니 도덕은 모두 동일하다. 고전음악으로 표현된 인간적 태도는 같은 것이다. 그것은 언제나 같은 종류의 생에 대한 인식을 바탕으로 하고, 같은 방식으로 우연을 넘어서려고 노력한다. 고전 음악의 태도란 이런 것을 의미한다. 인간 존재의 비극을 아는 것, 인간의 운명을 긍정하는 것, 용감함, 명랑함! 그것은 헨델이나 쿠프랭의 미뉴에트에 드러나는 우아함이든, 이탈리아 작곡가들이나 모차르트에게서 볼 수 있는 사랑스러운 몸짓으로 승화된 육감성이든, 혹은 바흐에게서 나타나는 고요하고 침착한 죽음으로의 각오이든 상관없이 거기엔 언제나 불굴의 의미, 죽음을 무릅쓴 용기, 기사도 정신, 초인적인 웃음과 불멸의 명랑함이 울리고 있다. 우리의 유리알 유희에도, 우리의 전체 삶과 행위와 고뇌에도 그런 울림이 깃들여야 한다제5권 37쪽 이하.

헤세는 고전 음악을 "명랑하고 용감한 경건함의 정신", "탁월한 기사도의 도덕", "인간 존재의 비극을 아는 것, 인간의 운명을 긍정하는 것" 그리고 "불굴의 의미, 죽음을 무릅쓴 용기"를 의미한다고 파악하고 있다. 죽음에 대항할 준비와 명랑함의 양면성을 지닌 고전 음악은 카스탈리엔 사람들이 추구하는 이상적 삶의 방식을 규명해준다.

제1장 「소명」에서 베롤핑엔을 떠난 크네히트가 에슈홀츠 영재 학교에서 교육을 마친 후 휴가를 보내고 나자, 음악 명인은 크네히트를 초청한다. 음악 명인이 거주하는 곳은 몬테포르트 고원 지방에 자리 잡은 오래된 수도원이었다. 다시 만난 음악 명인은 크네히트에게 유희로서 음악을 즐기도록 하면서, 음악을 통해 마음의 평화를 찾을 수 있음을 말한다.

음악은 해체, 무질서와 혼란과 대립하는 것이고, 음악의 이러한 면은 야코부스가 말하는 역사의 의미이기도 하다. 또한 음악은 크네히트가 다른 이들과의 관계를 맺을 때도 중요한 역할을 한다. 제4장 「두개의 종단」에서는 크네히트가 마리아펠스 수도원에 있는 동안 야코부스 신부의 초대를 받는 과정이 묘사된다. 크네히트는 야코부스 신부의 방에서 영국의 바로크 시대의 음악가 퍼셀Henry Purcell의 소나타 피아노 연주를 듣고 야코부스 신부에게 친근감을 느끼며, 두 사람은 음악을 화제로 삼으면서 서로에게 마음을 연다제5권 145쪽 참고. 그 후 발트첼에서 휴가를 끝내고 다시 마리아펠스 수도원으로 돌아간 크네히트는 저녁때가 되면 야코부스 신부와 함께 연주한다.

제9장 「대화」편에서는 크네히트가 바깥세상으로 나가는 것을 결정하기 전, 이제는 "대의원이요 정치저술가로서 유력한 인사가 된"제5권 263쪽 데지뇨리를 다시 만나 오랫동안 대화를 나눈다. 크네히트는 데지뇨리에게 음악의 명랑성을 다음과 같이 말한다.

그(유리알 유희)는 음악의 명랑성을 지니게 되는데, 그 명랑성이란 바로 용감함, 세상의 공포와 화염을 뚫고 미소 지으며 걷고 춤추며 나아가는 일, 축제하듯 희생을 치르는 일과 다르지 않다네제5권 291쪽.

음악 또한 크네히트가 추구하고자 하는 봉사와 희생을 뜻한다. 이러한 의미의 음악은 음악 명인의 모습에서 구체화된다. 크네히트는 음악은 변화, 과정 그리고 생성의 의미를 지닌다고 그 의미를 설명하면서 책임을 지고 봉사하는 이 작품의 모티브를 이야기한다. 크네히트는 음악에 비유하여 유리알 유희의 도덕성을 말한다. 크네히트는 그의 친구를 위하여 야코부스 신부가 좋아하는 퍼셀의 소나타 1장을 연주한다.

그 음향은 황금색 광채의 방울처럼 정적 속을 울렸다. 너무나 고요했기 때문에 그동안 안뜰에 흐르는 옛 샘터의 노래소리가 들릴 정도였다. 그 우아한 음악 소리는 부드러우면서도 엄격하게, 절제되어 있으면서도 감미롭게 서로 마주치고 얽히며 시간과 무상의 허무 사이를 씩씩하게 명랑하게 내면에서 우러나오는 윤무를 끝없이 만들어 냈다. 음악이 흐르는 짧은 시간 동안, 공간과 밤의 시간이 확장되어 세계와 같이 펼쳐졌다제5권 291쪽 이하.

퍼셀의 음악처럼 크네히트는 "씩씩하게 명랑하게" 혼동과 무상의 세계 속으로 뛰어들어 인간의 정신과 영혼에 참여하여 영향을 미친다. 음악을 들은 데지뇨리는 "명랑한 얼굴을 보이는 동시에 눈물을 보인다." 그리고 그는 카스탈리엔의 "마음의 회복"과 "명랑성"제5권 292쪽을 얻으려는 생각을 갖게 된다. 또한 제12장 「전설」에서 크네히트는 카스탈리엔을 떠나면서 자신의 다른 소유물은 다 두고, 오로지 '피리'제5권 378쪽만을 들고 갔다. 왜냐하면 크네히트는 음악은 듣는 사람의 "영혼을 고양시키고" "삶을 변화"시킬제5권 105쪽 이하 수 있다고 생각하기 때문이다.

2) 명 상

제1장 「소명」에서 음악 명인은 크네히트에게 음악과 마찬가지로 명상을 "올바로 잘 배울"제5권 67쪽 것을 권한다.

제2장 「발트첼」에서 크네히트는 "수사적인 면제5권 86쪽"에서 자신보다 우세한 데지뇨리와 토론하면서 외부 세계에 대하여 "호기심과 향수와 동정심을 느낀다." 그로 인해 그는 "그 세계에 빠져들지 않기 위해" 그는 "남몰래 몹시 괴로

워"제5권 87쪽하며, "불안"하고 "산만"제5권 88쪽해진다. 이때 음악 명인은 크네히트를 방문하여 그에게 명상하도록 권한다. 음악 명인은 명상이 주는 힘의 의미를 다음과 같이 말한다.

명상하는 힘의 원천과 정신과 영혼의 새로운 융화에 의지하지 않을 수 없을 거야. … 역사상 정말 위대한 사람은 모두 명상할 줄 알았거나, 적어도 명상함으로써 우리가 이르게 되는 길을 무의식적이나마 깨닫고 있지. 그렇지 못한 자는 아무리 재능이 있고 의지가 강한 자라도, 나중에는 실패하고 말아제5권 91쪽.

크네히트가 카스탈리엔 속에서 "커다란 다른 세계에 이바지하며, … 정신과 진리에 일생을 바치는 사명"제5권 88쪽의 길을 택하자, 음악 명인은 자신의 선택에 대해 확신을 가지도록 명상할 것을 크네히트에게 권한다. 그리고 음악 명인은 명상을 통해 자제하는 힘을 얻을 것이라고 말한다. 9장 「대화」편에서도 크네히트는 데지뇨리에게 명상을 통해 "긴장이 풀리고 훌륭한 긍정적인 힘"을 얻을 수 있음을 말하고 있다제5권 272쪽. 종단에도 알렉산더Alexander라는 명상의 대가가 있어, 크네히트가 유희의 명인이 되자 그의 하루 일과나 마음의 점검을 받게 하였음이 언급되어 있다제5권 303쪽 참조.

제5부
등장인물

음악 명인: 교육자의 전형, 안내자 그리고 완성을 이룬 자

제1장 「소명」에서 차버Zaber 숲의 변두리 조그만 마을 베롤핑엔의 라틴어 학생인 크네히트는 음악교사의 추천을 받아, 그가 카스탈리엔의 영재교육을 받을 수 있는 적합한 학생인가를 평가하기 위해 방문한 첫 번째 스승인 음악 명인을 처음 만난다. 음악 명인은 카스탈리엔의 "교육청의 고위층 인사일 뿐 아니라 … 12명의 최고 지도자 중 한 사람이며 … 국내 음악에 관한 최고 결정권을 가진"제5권 42쪽 사람이다. 그는 크네히트에게는 "아득하고 고귀하며, 반신적 인물

로서만 알고 있던, 가장 높은 천상에서 온 대천사"제5권 49쪽와 같은 존재이다. 음악 명인은 크네히트로 하여금 그의 소명을 깨닫게 해주는 진정한 교육자의 역할을 한다. 음악 명인과 크네히트가 조화를 이루는 과정은 '대인지각interpersonelle Wahrnehmug'의 형태와 합주를 통해 이루어진다.[29] 크네히트는 "아름답고 맑은 얼굴에 날카롭고 쏘아보는 듯한 파란 눈을 지니고 있는"제5권 44쪽 음악 명인의 외모와 그의 탁월한 피아노 연주를 경험하며 경외심을 느낀다. 음악 명인은 크네히트가 시험을 받고 있다는 생각을 없애고 그의 잠재력을 살려내며,[30] 그로 하여금 "앞으로 그리고 더 높은 곳으로"제5권 66쪽 나아갈 수 있게 해준다. 음악 명인과 크네히트가 합주하는 과정은 다음과 같이 묘사된다.

소년은 연주가의 능란하고 하얀 손가락을 보며 긴장된 그 얼굴에서 푸가의 전개과정이 반영되어 있는 것을 보았다. 비록 그 눈은 반쯤 감은 눈썹 밑에서 꼼짝도 하지 않았지만 소년의 가슴은 대가에 대한 존경과 사랑으로 설레고 있었다. 눈 앞에서 전개되는 그 곡 속에 있는 법칙과 자유, 봉사와 지배를 즐겁게 조화시키는 정신을 그는 희미하게나마 느꼈다. 그는 이 정신과 명인에게 몰두하며 온몸을 바치기로 맹세했다. 이 짧은 동안에 그는 자기와 자기 일생과 전 세계가 음악의 정신에 이끌려 정리되고 해명되는 것을 보았다. 연주가 끝났을 때 소년은 존경하는 마술사이며 왕이나 다름없는 그 노인이 눈을 반쯤 감고 내부의 빛으로 얼굴을 빛내며 얼마 동안 건반 위에 가볍게 몸을 굽히고 있는 것을 보았다. 그러면서 이 짧은 행복에 환호를 울려야 할지 그 순간이 지나가버린 것에 대해 눈물을 흘려야 할지 알 수 없었다제5권 46쪽.

음악 명인의 모습에서 음악이 하늘의 질서를 모방해야 한다고 파악하는 피타고라스 설을 『음악의 헌정Musicalisches Opfer』(1747)과 『푸가의 기법Kunst der Fuge』(1750년경) 속에 표현한 바흐를 찾을 수 있다. 바흐는 자신의 마지막 작품 『음악의 헌정』을 프로이센의 왕 프리드리히 3세에게 헌정하면서, 그 헌정사에 "삼가 복종하는 하인"이라 스스로를 언급하고 있다. 『음악의 헌정』은 "예전 피다고라스의 행동규칙"을 기억하게 한다. 즉, 신들에게 피가 흐르는 짐승을 제물로 바치는 것이 아니라, 음악을 헌정한다는 것이다. 그래서 희생의 형이상학을 의미하는 바흐의 오마주가 작품 전체를 관통하며, 작품의 마지막에 갑작스럽게 크네히트의 희생적 죽음이 등장하는 것이다.[31]

음악 명인은 마치 소크라테스가 당대의 젊은이들에게 다이몬Daimon(수호신)의 소리, 즉 자신의 내면의 목소리에게서 진리를 찾도록 하는 것처럼, 크네히트가 나아갈 길을 찾도록 하는 "그의 보호자이자 수호신"제5권 83쪽으로 묘사된다. 즉, 음악 명인은 크네히트가 어려움에 처해 있을 때 그가 자신의 내면의 목소리를 들을 수 있도록 도움을 주는 사람이다.

크네히트는 에슈홀츠 학교 졸업식에 찾아온 음악 명인에게 속세에서 갖는 직업의 의미를 묻자, 그것은 "저속한 힘의 노예"가 되는 것이고 "성공이나 돈이나 야심이나 명예욕 또는 남의 호감을 사느냐 못 사느냐 하는 그런 것에 좌우"제5권 63쪽 이하되는 것이라 말한다. 그리고 계속해서 그는 종단에 선발된 학생은 "보기에는 부자유스러워 보이"지만 "자립적 연구를 시작하자마자 매우 광범위한 자유를 누리"는 것이라고 설명한다. 음악 명인은 카스탈리엔에서 머무는 것은 "봉사하는 가운데 자유스러울 수 있"제5권 64쪽 이하는 것이라 크네히트에게 말한다. 그리고 그는 '하인', 즉 봉사의 뜻을 지닌 크네히트란 이름이 가지는 의미를 거론하며, 그에게 종단의 일원이 될 것을 권한다.

제1장 「소명」의 마지막 부분에서는 크네히트가 에슈홀츠 학교를 떠나게 되자, 음악 명인은 그를 몬테포르트 지방의 수도원으로 초청을 한다. 그는 크네히트에게 하여금 "유리알 유희 중에 가장 분명한 논리를 해명할 수도 있고, 문법 중에 가장 창조적인 공상을 펼칠 수 있"제5권 71쪽는, 즉 "양극을 정확히 인식"제5권 70쪽해야 하는 유리알 유희의 의미에 대해 알려주면서, 동시에 "중심을 향해 가도록 노력"제5권 71쪽하도록 지도한다.

제6장 「유희의 명인」에서 유희의 명인으로 선출이 된 크네히트는 마음을 가다듬기 위해 명상의 장소를 찾아간다. 명상에 잠긴 크네히트의 뇌리에 제일 먼저 등장한 사람은 라틴어학생 시절에 만났던 존경하는 음악 명인의 영상이다. 음악 명인은 크네히트에게 "어느 때는 존경하는 사람이

되고 어느 때는 존경받는 사람이 되고, 어느 때는 안내자가 되고, 어느 때는 복종하는 사람"제5권 199쪽이 되어 서로 구분이 되지 않는다. 크네히트는 음악 명인과 제자와의 관계는 "늙음과 젊음, 낮과 밤, 음과 양으로 나뉘어 흐르는 인생 자체의 유희", 즉 변화와 지속, 또는 "연관과 질서"제5권 419쪽를 뜻함을 인식하게 된다.

제7장 「재직시대」에서 크네히트는 음악 명인이 점점 쇠약해지자, 몬테포르트 음악 도서관으로 그를 병문안한다. 크네히트는 사망 직전의 음악 명인의 상태를 다음과 같이 표현한다.

그분의 명랑성과 고요한 표정, 그리고 인내심과 침착한 태도의 일부가 내 마음속으로 옮아왔어. 돌연 나는 그의 마음과 그분이라는 인물이 인간을 떠나 고요함으로, 언어에서 음악으로, 생각에서 전일성으로 돌아선다는 것을 이해하게 되었어제5권 233쪽 이하.

"경건한 자, 신의 은혜를 받은 사람, 완성된 사람, 광채를 발하는 사람, 신성하게 변용한 사람"제5권 236쪽인 음악 명인은 완성을 이루며, 죽음을 맞이한다. 그가 임종을 맞이하는 모습을 통하여 지상의 존재에서 진실과 아름다움이 결합될 수 있음을 볼 수 있다.[32] 제8장 「양극」에서 크네히트는 음악 명인의 최후의 모습, 즉 "영원히 잠든" 음악 명인의 모습에서 "미소와 완성된 행복"제5권 255쪽을 본다고 말하고 있다.

토마스 폰 데어 트라베: 미학과 도덕의 전형

헤세와 토마스 만의 우정의 흔적은 여러 곳에서 찾을 수 있다. 토마스 만은 자신의 작품 『파우스트 박사_Doktor Faust_』 (1947)를 헤세에게 보내면서 「검은 진주들이 달린 이 유리알 유희_Dies Glasperlenspiel mit schwarzen Perlen_」라는 헌정의 글을 적고 있다.[33] 헤세도 『유리알 유희』 속에서 토마스 만의 흔적을 남기고 있다. 크네히트의 전임 유희의 명인인 토마스 폰 데어 트라베는 독일의 대표 작가이자 헤세의 오랜 친구인 토마스 만을 연상시킨다. 토마스 만은 트라베 강이 흐르는 뤼벡에서 태어났다. 제1장 「사명」에서 헤세는 "해마다 열리는 발트첼 영재의 경연대회"를 언급하면서 그 대회의 규칙과 선정 근거를 다음과 같이 언급하고 있다.

형식적으로 최고도의 순수성과 묘사법을 지키면서 주제를 새로우며 대담하고 독창적으로 결합시키는 데 가치가 있었다. … 원래 유희자촌에서 열리는 가장 열띤 행사였지만 새로운 유희를 상징할 수 있는 가장 유망한 후보자의 경쟁 무대이기도 했다. … 그가 제공한 유희의 문법이나 증가된 어휘가 공식적으로 인정되어 기록과 유희용어로 채택되는 데 있었다제5권 176쪽 이하.

토마스 폰 데어 트라베가 25년 전 "순수성과 묘사법"과 "문법이나 증가된 어휘"로 경연대회에서 영예를 차지한 사람으로 묘사되는 것은 노벨상을 수상하고 거장다운 언어를 구사하는 것으로 유명한 토마스 만을 연상시키기에 충분하다. 헤세의 스위스 출신의 화가 친구 모르겐탈러Ernst Morgenthaler는 헤세에게 보내는 편지 속에 만의 『파우스트 박사』와 헤세의 『유리알 유희』를 비교하면서, 토마스 만을

"언어 예술가며 작가"로, 헤세를 "시인"으로 표현하고 있다.
제3장 「연구시절」 속에 토마스 폰 데어 트라베의 특징은 다음과 같이 묘사된다.

> 유희에 관해서라면 더할 나위 없이 치밀하고 금욕적으로 엄격했으며 엄청나게 일을 많이 하는 사람이었다. … 뛰어난 구성으로 형식에 있어서는 아무도 따를 자가 없는 그의 유희들은 전문가의 눈에는 유희 세계의 심오한 문제들에 정통해 있음을 보여주고 있었기 때문이었다제5권 123쪽.

유희에 정통해 있는 유리알 유희의 명인 토마스 폰 데어 트라베는 미학적이며 도덕적 본성을 지닌 인물로 형상화된다.

성찰적 삶의 전형

크네히트는 제7장 「재직시절」에서 "초보자를 위한 유희교사의 양성 강습이 끝났을 때" 카스탈리엔의 영재들은 "성

찰적 삶vita contemplativa"과 "실천적 삶vita activa"제5권 214쪽의 양면을
가져야 한다고 말하고 있다. 미델은 그의 저서 『헤르만 헤
세. 그의 삶의 형상 세계』 속에 성찰적 삶을 시인으로, 그리
고 실천적 삶을 속인 혹은 세상 물정에 밝은 사람으로 표현
하고 있다. 크네히트가 카스탈리엔에서 성장해가면서 가
장 큰 영향을 주는 주요 인물들은 성찰적 삶(시인)을 대표하
는 노형der Ältere Bruder과 테굴라리우스이며, 또한 실천적 삶
(속인)³⁴을 살아가는 플리니오 데지뇨리와 야코부스 신부이
다. 그러므로 이 두 부류의 인물들과 카스탈리엔의 의미를
살펴보고, 크네히트가 어떤 인물들을 통해 깨달음Erwachen을
얻고 단순한 성찰적 삶에서 벗어나 실천적 삶을 선택하게
되었는지 살펴보자.

1) 노 형

제3장 「연구시절」에는 크네히트가 연구시절 여러 장소
(몬테포르트, 하르슬란트 등)에서 다양한 공부를 하는 것이 설명
된다. 그중 다양한 공부를 하면서 그가 "애착과 고마움"을
느낀 곳은 "죽림Bambus-Hain"이다. 크네히트는 "유명한 동아

학관에서 중국어와 중국의 고전을 연구"제5권 111쪽하기 시작하였는데, 이곳에서 『주역周易』을 지도해줄 두 번째 스승인 노형을 만난다. 노형은 종단으로부터 허가를 받아 죽림을 만들어 그곳의 은둔자로 거주하면서 중국 학문을 연구하는 인물이다. 카스탈리엔의 정신세계 속에서 체념하면서 고요하게 은둔하여 사는 모습은 다음과 같다.

회색과 노란색의 베옷을 입고 수줍은 듯한 파란 눈에 안경을 낀 여윈 남자가 허리를 굽히며 앉아 있던 화단에서 몸을 일으키더니 천천히 손님에게로 다가왔다제5권 113.

노형의 모습에서 중국 학문에 심취해 있었던 헤세의 자화상을 찾아 볼 수 있는데,[35] 융의 심리학에 따르면 노형은 헤세의 '또 다른 어떤 인격'을 보여주는 그림자[36]로 설명될 수 있다. 헤세는 자신의 「좋아하는 책Lieblingslektüre」이라는 글 속에서 중국은 "정신적인 도피처이자 두 번째 고향"제14권 166쪽이라 밝히고 있다. 헤세는 도가사상을 믿으며 학문에 몰두하는 신비주의자 노형이라는 인물을 통해 카스탈리엔 내부에서 아웃사이더로서 성찰적 삶을 살아가는 이상적인 학자의 모습을 형상화시킨다.

노형은 도피의 전형이면서도, 바깥 세계와 격리되어 카스탈리엔의 미학의 세계 속에 살던 크네히트가 카스탈리엔을 떠나게 될 운명을 가지고 있음을 알려준다. 헤세는 독일의 중국학자 리하르트 빌헬름Richard Wilhelm의 번역을 통해서 중국의 경전 『주역』을 알게 되었다.[37] 노형은 『주역』에 따라 크네히트의 미래를 암시해주는 예언을 말한다.

이 표시에는 명칭이 있는데, 청년의 어리석음이요, 위에는 산, 산 밑에는 물, 위에는 간, 밑은 감, 산 밑에서 솟아나는 샘물은 청년을 비유한 것이오. 해석은 다음과 같다.

청년의 어리석음이 성공을 보았다.
내가 어리석은 그 젊은이를 구한 것이 아니라,
그 어리석은 청년이 나를 구한다.
첫 괘로 가르치는 것은
재차 물으면 불길하고

불길하다면, 나는 가르치지 않을 테니

참는 것이 길하리라제5권 116쪽.

크네히트의 운명은 『주역』의 제4괘인 '산수몽'으로, 상괘
간艮은 산과 고요함, 하괘 감坎은 물과 위험함을 의미하는
괘상이다. 이 점은 고요함과 위험, 젊은이의 어리석음과 극
복의 가능성을 말해준다. 그러나 젊음의 어리석음은 부정
적인 의미로만 해석될 수 있는 것이 아니고, 올바른 가르침
을 줄 수 있는 스승을 찾아야 하는 것을 뜻함을 노형의 예
언은 말해준다.[38] 이 시를 해석함에 있어서 죽림에서의 크
네히트가 스승의 가르침을 받아 성장한다는 해석 외에도,
크네히트의 인생 전반에 대한 예언으로 분석하는 연구들이
있다. 헤세 연구가 미들레톤J. C. Middleton은 노형의 예언은 크
네히트의 죽음을 암시하면서, 또한 그 죽음의 의미를 말해
주는 것이라고 해석하고 있다. 불비Mark Boulby도 노형의 이
말의 의미를, 위로 가는 길은 유희의 명인이 되는 것이요,
아래로 가는 길은 카스탈리엔을 떠나 속세에서 티토Tito의
스승이 되는 길임을 말하는 것이고 해석하며, 이 시에서 교

육자로서의 봉사의 의미가 그 어느 때보다 강조되는 것이라고 해석한다.[39] 이곳에의 경험은 크네히트에게 결정적 깨달음을 준다.

2) 테굴라리우스

테굴라리우스는 크네히트의 가장 절친한 동료로, 크네히트가 유리알 유희의 명인이 되자 그의 조수가 된 인물로, 카스탈리엔 속에서 학문과 성찰적 삶에만 몰두하는 순수한 카스탈리엔의 전형적 인물상을 보여주고 있다. 테굴라리우스는 탁월하게 유희의 기술을 구사할 줄 알지만, 위태롭고 병적인 정신 상태를 보여주기도 하는 인물이다. 제4장 「두 개의 종단」에서 테굴라리우스의 성격은 다음과 같이 묘사되어 있다.

코이퍼하임에서 여러 번 우수한 성적을 보인 학생, 뛰어난 고대 언어학자로 특히 철학에 흥미가 있으며, 라이프니츠나 볼차노를 연구했고, 후에는 플라톤을 연구했다. 내가 아는 한 가장 재능을 타고 났으며 훌륭한 유리알 유희자이다. …

그의 결함은 무기력이나 침체 상태, 불면증, 또는 신경통이 있을 때 나타나며, 정신적으로는 가끔 우울증이나 고독을 그리워하거나, 의무와 책임에 대해 불안을 느끼거나, 또 추측건대 자살 관념 등이 있다제5권 129쪽 이하.

헤세 연구가 치올코프스키Ziolowski는 헤세의 『유리알 유희』에 나오는 "뛰어난 고대 언어학자"이자 "철학"을 연구하는 테굴라리우스란 인물이 바젤 대학의 고전 문헌학 교수이자 철학자 니체Friedrich Nietzsche를 묘사하고 있다는 의미로 『유리알 유희』를 실화소설romans à Clef이라 평한다.[40] 치올코프스키가 지적한 것처럼, 헤세는 당시 독일의 지적·문화적 역사에서 큰 역할을 하지만, 정신병원에서 생을 마감한 인물 니체를 언급하면서, 그의 극단적인 성찰적 삶을 비판하고 있다. 니체와 마찬가지로 테굴라리우스는 탁월한 학자이자 학생들을 지도할 수 있는 능력을 갖춘 보배 같은 존재이지만 우울증을 갖고 있으며, 욕구와 책임에 대한 불안감으로 때때로 자살을 생각하는 인물이다. 속세의 삶에 관심이 없고제5권 247쪽 참조 미학 세계에 빠져 있는 카스탈리엔 사람인 테굴라리우스는 크네히트에게 역사는 연구할 가치가 없다제5권52쪽 이하 참조고 역설한다. 헤세는 화자의 말을 빌려 테굴라리우스라는 인물처럼 극단적인 정신세계에 몰두함으로써 나타날 절망의 위험을 다음과 같이 지적한다.

그는 크네히트에게 카스탈리엔의 최고 능력의 화신인 동시에 그 타락과 몰락을 경고하는 징조를 의미하고 있었다제5권 247쪽.

테굴라리우스는 지적인 능력에서는 거장이나, 크네히트는 그에게서 미학적 향유에 빠져 남에게 봉사하지 않는 인물, 즉 데카당스의 고독한 선구자[41]의 위험성을 인식한다. 크네히트는 "카스탈리엔의 생명이 새로운 것을 만나 새로운 자극을 받고, 젊어지며 단련을 받지 않으면 어느 때든지 한 번은 그렇게 되지 않을 수 없는 카스탈리엔의 전형제5권 247쪽"이라고 평하며, 테굴라리우스를 한쪽 편에만 경도된 말기 카스탈리엔을 의인화한 인물로 보고 있다.

음악과 명상, 수학과 언어학 등의 순수학문을 교육받은 인재들이, 금욕, 무소유, 봉사 그리고 직책과 명예 등을 포기하는 것 등을 생활 원칙으로 하는 카스탈리엔은 순수한 정신의 전통을 이어가고자 하는 정신의 나라이다. 그러나 크네히트는 제11장 「회장」 중 「교육국에 보내는 유희 명인의 서한」에서 카스탈리엔의 영재들이 "정신과 수업과 연구와 교양"제5권 326쪽 등의 순수 미학과 고도의 지적 세계만을 추구하여, 초기 중세 시대의 학문 기관인 수도원과 같은 단체로까지 퇴보한 카스탈리엔의 문제점을 지적하기도 한다.

실천적 삶의 전형

1) 플리니오 데지뇨리

데지뇨리는 크네히트의 인생행로에 있어서 친구이면서도 그와는 대립적인 인물이다. 그러나 크네히트에게 카스탈리엔 밖의 세계와의 연결고리 역할을 하며 그가 새롭게 삶의 방향 설정을 하는 데 결정적 역할을 하는 인물이다.

제2장 「발트첼」에서 데지뇨리가 처음으로 등장한다. 그는 카스탈리엔의 창설에 지대한 공을 세운 귀족 가문의 자제이며 발트첼에서 청강생으로 교육받는 인물이다. 크네

히트와는 달리 비카스탈리엔 사람인 데지뇨리에게는 바깥 세상에서의 "입신출세, 결혼과 정치"제5권 81쪽가 기다린다. 데지뇨리는 "불같은 성격"이지만, "지적인 취향"을 지니고 있으며 "연설과 토론"제5권 81쪽에 탁월한 재능을 갖춘 인물이다. 두 사람의 대립된 면은 작품 속에서 다음과 같이 묘사된다.

모두 재능을 타고 났으며 평판이 자자한 학생이었다. 다른 모든 점에서는 대조적이었지만, 그러한 공통점으로 그들은 친구가 되었다제5권 80쪽.

데지뇨리는 크네히트에게 카스탈리엔의 "거만한 스콜라적 정신성"제5권 81쪽, "삶으로부터 멀어진 잘못된"제5권 81쪽 면모를 신랄하게 비판한다. 데지뇨리의 비판을 들은 크네히트가 극심한 혼란을 겪게 되자, 음악 명인이 크네히트를 찾아와, "유혹적인 것, 매혹적인"제5권 81쪽 외부 세계를 인정하면서도 카스탈리엔의 변호인 역할을 담당한다. 그리고 음악 명인은 크네히트의 혼란을 "정신과 영혼의 끝없이 새로워

지는 화해"제5권 91쪽가 이루어지도록 하는 명상을 통해서 평
정심을 갖도록 조언해준다.

데지뇨리와 크네히트의 성향은 서로 대립되어, 플리니오
는 '자연', 크네히트는 '정신'을 상징한다. 결국 두 사람은 각
자의 삶의 형태와 방향을 명료하게 이해하며 각자 자신의
길을 갈 수밖에 없음을 인식하게 된다. 데지뇨리도 크네히
트에게 영향을 받아 정신적으로 성장하였음을 인정하면서
크네히트에게 다음과 같이 말한다.

소박한 자연스러운 생활에 정신적인 훈련이 따르지 않으면
그것은 진흙탕으로 변하고 동물적이 되며 그 이하로 전락하
게 된다는 점을 지적하는 것이 너의 역할이야. 나로서는 순
수하게 정신적으로만 흐르는 사람의 모험과 무모함, 결국 아
무 결실도 얻지 못한다는 것을 재삼 상기시켜야 해제5권 94쪽.

데지뇨리도 '자연'과 '정신' 중 한쪽만을 가지는 것의 문제
점을 인정하고, 양극이 서로 보충하여야 함을 인정한다. 그
러나 크네히트는 데지뇨리의 도발과 자극을 통해 카스탈리

엔 제도에 회의를 갖게 된다. 데지뇨리와의 논쟁에서 크네히트에게 강력한 힘을 발하고 그로 하여금 회의에 빠지게 하는 데지뇨리는 부르크하르트의 『세계 역사의 관찰』에서 논하는 국가, 종교, 문화의 3가지 잠재력 중, 다음과 같이 영향력을 행사하는 국가의 의미를 되새기게 한다.[42] "권력은 그 자체로 악하고, 개인에게는 거부된 이기주의적 권리가 종교에 대한 고려 없이 국가에는 주어진다는 것이 분명해 보인다. 허약한 이웃 국가는 굴종을 겪거나 합병당하거나 어쨌든 종속되는 것이다."[43]

그러나 후에 다시 만나는 데지뇨리는 다시 자신의 고충을 말하면서 한계를 인정하며, 크네히트에게 자신의 아이를 맡아달라는 데지뇨리의 요청은 크네히트에게 "세상으로부터의 최초의 강한 부름"[44] 그리고 "역할과 책임"제5권 102쪽을 인식하도록 하는 역할을 한다.

2) 야코부스 신부

제4장 「두 개의 종단」에서는 크네히트가 베네딕트 교단의 마리아펠스 수도원과 카스탈리엔과의 우호관계를 강화

시킬 임무를 띠고 마리아펠스로 파견되기 전, 외무담당 장관 뒤보아Dubois가 크네히트로 하여금 수도원 체류 동안 지켜야 할 행동에 대해 교육하는 내용과 야코부스 신부와의 관계가 시작되는 것이 묘사된다. 뒤보아는 크네히트에게 카스탈리엔의 창설 배경과 정치적 기반에 대한 개요를 말해준다. 크네히트는 뒤보아를 통하여 바깥세상과 카스탈리엔의 상호 의존성에 대해 알게 되고, 카스탈리엔의 현재의 상황과 본래의 설립 의미에 대해 알게 된다. 뒤보아는 크네히트로 하여금 외부 세계에 대해 관심을 갖게 할 뿐만이 아니라 카스탈리엔의 상황에 대해 비판적 안목을 지니게 하여, 베네딕트 교단의 수도원 마리아펠스의 도서관에서 만난 베네딕트 교단의 역사가 야코부스 신부의 의견에 쉽게 접근할 수 있도록 하는 데 결정적 역할을 한다.

제4장 「두 개의 종단」에서 야코부스의 신부에 대한 크네히트의 첫 인상은 다음과 같다.

그 당시 60세가량의 목덜미가 늘어진 긴 목에 독수리 같은
머리를 가진 초로의 메마른 사람이었으며, 얼굴은 앞에서

보면 시력이 약해 어쩐지 생기가 없고 광채를 잃은 것 같았지만, 옆에서 보면 불쑥 튀어나온 이마의 선은, 푹 패인 콧등과 매부리코나, 약간 짧지만 사람들에게 호감을 주는 턱으로 두드러지게 완고한 개성을 나타내고 있었다. 좀 더 깊이 사귀고 보면, 매우 활기찬 사람인지는 모르겠지만, 이 조용한 노인은 도서관 안쪽의 조그만 방에 자기 책상을 갖고 있었는데 그 책상 위에는 언제나 책이나 원고나 지도가 펼쳐져 있었다. 매우 귀중한 서적을 비치하고 있는 이 수도원에서 사실 참다운 연구를 하는 사람은 그 사람뿐인 것 같았다 제5권 144쪽 이하.

크네히트는 마리아펠스 수도원에서 지내는 동안 야코부스 신부와 '친교'를 맺게 되면서 역사의 의미를 알게 된다. 야코부스 신부는 크네히트가 "교화할 수 있는 젊은 친구"임을 알게 되고, 그는 야코부스 신부를 통해 "깨달음의 과정에서 새로운 단계"제5권 149쪽에 들어서게 된다. 야코부스 신부는 크네히트가 카스탈리엔에서 "지적이며 미적인 정신의 피상적 훈련만 받으며 자라난 것을 무척 유감으로 생각"

제5권 149쪽하며, 그의 "역사적 감각의 완전한 결여"제5권 150쪽를 지적한다. 야코부스 신부는 카스탈리엔의 세계가 현실의 삶이 아닌, 지적·미학적 정신세계라는 환상의 세계 속에 자리 잡고 있다고 비판하며 다음과 같이 말한다.

수학자이며 유리알 유희자인 당신들은 세계사를 완전히 중류시켜 버렸소. 당신들의 세계사는 정신사와 예술사로만 되어 있습니다. 피도 현실도 없습니다. 당신들은 제2, 제3세기 라틴어 문장 구조의 결점에 대해서는 상세히 알고 있지만, 알렉산드로스나 카이사르, 예수 그리스도에 대해서는 아무것도 모릅니다. 당신들은 세계사를 마치 수학자가 수학을 다루듯이 하고 있죠. 수학에는 법칙과 공식이 있을 뿐이고, 현실이나 선악, 시간도 어제도 오늘도 없고, 그저 있다면 평평하고 영원한 수학적 현실만이 있을 뿐이지요제5권 150쪽.

카스탈리엔의 한계를 경고하는 야코부스 신부는 데지뇨리에 이어 크네히트에게 "바깥 세계로의 두 번째 결정적인 부름"[45]의 역할을 한다. 야코부스 신부는 역사는 사실적인 지식을 아는 것만으로 끝낼 수 있는 것이 아님을 강조한다.

제5장 「사명」에서는 크네히트는 휴가를 받고 발트첼로 귀향했다가, 이번에는 전권대사와 같은 역할을 맡아 야코부스 신부가 있는 수도원에서 2년 동안 머물게 된다. 이때 크네히트는 야코부스 신부로부터 역사의 의미를 더욱 깊이 인식하는 내용이 다루어진다. 크네히트는 야코부스 신부가 "제수이트파의 사제로서의 그의 협력자이기도 하고 반대자이기도 했던 사람과 함께 외교적·도덕적 세력"과 로마 교회의 "고귀한 정치적 위신을 세워주는 진정한 건설자"제5권 173쪽임을 알게 된다. 야코부스 신부는 음악 명인처럼 크네히트의 삶에 큰 영향을 미치는 인물이다. 야코부스에 대한 묘사는 다음과 같다.

그 사람의 활동은 지혜로서 완화되고, 노력은 인간의 불충분한 본성과 난점을 어느 정도 깊이 통찰함으로써 완화되는 그런 인물이었다. 더구나 그 명성, 연륜, 그리고 인간과 현상에 대한 지식, 그 이상으로 인간적으로 공정하고 청렴결백한 점이 그에게 커다란 힘을 주고 있었다제5권 174쪽.

마리아펠스 수도원에서 크네히트와 야코부스 신부는 공동 연구를 하게 된다. 야코부스 신부는 다시금 카스탈리엔 사람들이 미학의 세계 속에 파묻혀 "승화된 분위기" 속에서 "학자적이고 예술가적 존재 방식"을 지니면서, "정치 그리고 신문을 꺼려하며"제5권 174쪽 비정치적 입장을 지니고 외부 세계의 문제에 대해 무관심하고 정신사에만 관심을 두고 현실을 두려워하는 경향을 가지고 있음을 지적한다. 크네히트는 야코부스와의 대화를 기록으로 남겨놓는데, 야코부스는 크네히트에게 인간의 양면성을 인식하도록 촉구하며 다음과 같이 말한다.

당신들 카스탈리엔 사람들은 위대한 학자요, 미학자이죠. 당신들은 옛 시 속에 나타난 모음의 무게를 다루며 그 공식을 어떤 유성의 궤도에 관련시키고 있소. 재미야 있겠지만 그것은 결국 유희야. … 당신들은 몰라요, 인간을, 그 야만성도 모르고 신성도 모르고 있소제5권 169쪽.

계속해서 크네히트는 야코부스 신부를 통해 역사를 "본

능과 유행, 정욕과 소유욕, 권력욕, 살인욕, 폭력, 파괴, 전쟁, 그리고 야심이 강한 장관이나 매수된 장군 또는 폭격으로 파괴된 도시의 전쟁터라고 생각하는"제5권 322쪽 카스탈리엔 사람들의 역사관의 한계를 인식하게 된다. 그리고 크네히트는 역사가 "야만성과 신성"을 지닌 개인과 인류 속에 자리 잡고 있는 영원한 갈등을 해결하는 것을 의미한다는 것을 배우게 된다.

> 역사를 연구하는 것은, 다시 말하면 혼돈 속에 몸을 맡기고, 그러면서도 그러나 질서와 의미에 대한 신뢰를 향상 유지하는 것입니다제5권 151쪽.

왜냐하면 갈등은 모든 존재하는 것에 내재하는 요소이기 때문이다. 야코부스 신부는 역사가 일정한 과정을 통해 연대기적으로 발전해간다는 관점의 역사철학을 거부하며 "속세의 혼돈에 몸을 맡기고" "역사적 사실의 일회성과 불가해한 역사적 사실의 진실과 현실"제5권 151쪽의 의미를 강조하였다. 제3장 「연구시절」에 크네히트에 관해 전해지는 자료 중, 크네히트에게 보낸 음악 명인의 편지에서도 역사철학에 대한 비판적 견해를 살펴볼 수 있다.

의미를 가르치려 했기 때문에 지난날의 역사 철학자는 세계사의 반을 그르쳤고, 문예란시대를 초래한 것이네. 그리고 수많은 사람의 피를 흘리게 한 죄를 걸머지게 되었다네제5권 108쪽.

크네히트는 야코부스 신부의 영향을 받고는, 카스탈리엔 사람들의 삶의 모습에 대해 다시 성찰하게 된다. 현실의 진실을 외면하면서 성찰적 삶의 방법을 고수하는 카스탈리엔의 방식에 비판적 안목을 갖게 된 크네히트는 제10장 「회장」에서 비정치적 입장을 고수하며 무조건적인 성찰적 삶을 유지하고자 하는 카스탈리엔을 다음과 같은 말로 비판한다.

정신은 진리에 순종할 때만이 유익하고 고귀한 것입니다. 진리를 배반하고 존경하는 마음을 버리고 금전에 매수되어 아무렇게나 굽힐 수 있게 되면 정신은 이내 잠재적인 악마가 됩니다제5권 330쪽.

크네히트는 야코부스 신부를 통해 역사의 양극성과 역사와 현실과의 연관성을 인식하게 되면서 현실에 대한 관심을 갖게 된다. 크네히트는 "우리 자신이 역사이며, 세계사와 그 가운데의 우리 위치에 대해서 공동책임"제5권 323쪽을 져야 함을 깨닫게 된다. 이러한 크네히트의 역사관은 부르크하르트의 영향으로 역사의 위기의 순간에 개인의 역할을 인식하게 된 헤세의 인식에 기초한 것이다.

그러나 제11장 「회장」에서 크네히트는 현실인식은 진실에 대한 올바른 인식을 가진 개인의 양심의 결정에서 오는 것이 중요하지만, "통치하거나 정치에 손을 대서는 안 되는 것"제5권 329쪽임을 말한다. 카스탈리엔 사람들에게는 "진리나 진리를 추구하는 것"이 "최고의 신조oberster Glaubensatz"제5권 330쪽이다. 그러나 크네히트는 카스탈리엔 사람들이 역사에 대한 "공동책임"을 가져야 함에도 "책임의 의무"제5권 323쪽의 의미를 모른다고 비판한다. 카스탈리엔의 극단적 성찰적 삶에 대해 비판적 자세를 갖게 된 크네히트는 결국 카스탈리엔을 떠날 것을 결정하면서 그 이유와 바깥세상에서의 봉사의 타당성을 다음과 같이 설명하고 있다.

자기 국민이 감당해야 할 행위나 희생이나 위험을 회피하는 자는 비겁한 자입니다. 그러나 정신생활의 원리를 물질적 이익을 위해서 배반하는 자, 다시 말하면 2×2는 몇이 된다는 결정을 권력자에게 맡길 용의가 있는 자는 더없이 비겁한 자요, 배신자입니다. 진리를 생각하는 마음, 지적인 성실성, 정신적 법칙과 방법에 대한 충실을 어떤 다른 이익을 위해서 희생하는 것은 그것이 아무리 조국의 이익을 위하는 것이라 해도 역시 배신입니다제5권 330쪽.

헤세는 1951년 신문에 「바젤 시절의 회상Basler Erinnerungen」이라는 제목으로 기고하면서, 자신이 야콥 부르크하르트의 영향을 받았음을 언급하고 있다. 헤세는 이미 튀빙엔 시절에 부르크하르트의 저서 『이탈리아 르네상스의 문화Die Kultur der Renaissance in Italien』(1860)과 『콘스탄티누스 대제의 시대Die Zeit Konstantins des Großen』(1853)를 읽었다고 하면서 그의 영향력이 강력했음을 기록하고 있다.[46] 그에게 강력한 영향을 미친 역사학자 부르크하르트를 작품 속에서 야코부스 신부로 형상화시키고 있음은 주지의 사실이다제5권 334쪽 참조. 부르크하르트의 직접적인 영향은 작품 속에서도 찾을 수 있다. 크네히트는 교육국에 보내는 마지막 서한을 부르크하르트의 『혁명의 시대*Das Revolutionszeitalter*』의 한 구절로 끝마친다. "공포와 극심한 고난의 시기가 올지도 모르겠습니다. 그러나 불행에 처해 있으면서도 여전히 행복을 유지하려면 정신적인 행복 이외에는 달리 방법이 없겠지요. 다시 말하면 뒤돌아서서 지난 시대의 업적을 유지하고 앞을 향해서는 다른 이들이 모두 물질적인 것과 관련될 때 시대의 명랑하고 끈기 있는 정신을 주장하는 것입니다."[47]

부르크하르트는 역사를 변증법적 측면에서 보는 것을 부정하고 역사 속에서 지속적이고 전형적인 요소를 발견한다. 부르크하르트는 『세계 역사의 관찰』 속에서 국가, 종교 그리고 문화의 관계는 상호작용 속에 있음을 논한다. 부르크하르트는 국가는 인간의 정치적인 필요 그리고 종교는 인간의 형이상학적 필요에 의한 것이고, 문화는 인간의 기술적·예술적·시적·과학적인 것을 포괄하는 지성과의 결합으로 파악한다. 부르크하르트를 통해서 헤세는 국가, 종교 그리고 문화가 서로 분리된 것이 아니고 서로 상호 작용을 하는 것임을 깨닫는다.[48] 이러한 관점은 크네히트에게서도 나타난다. 제7장 「재직시절」에서 카스탈리엔에서 유희의 명인이 된 크네히트는 초보자를 위한 유희교사의 양성 강습에서, 현실과 이상의 세계, 즉 실천적 삶과 성찰적 삶을 모두 인식하는 삶을 촉구하고 성찰적 삶에만 치우친 카스탈리엔의 한계를 벗어나도록 촉구한다.

우리는 실천적 삶에서 성찰적 삶으로 도피해서는 안 된다. 그리고 그 반대도 안 되는 것이며, 그 두 곳을 오가며 집으로 삼고 두 곳 모두에 관여해야 한다제5권 214쪽.

크네히트는 카스탈리엔 사람들이 외부세계의 현실을 인식하는 것이 필요하다는 것을 강조한다. 또한 크네히트는 야코프스 신부와 대화를 나눈 뒤 자신의 결핍을 인식하게 되는데, 그것이 인간과의 관계임을 깨닫는다.[49] 결국 크네히트는 현실 속에서 사람들과 교류하면서 그들에게 봉사할 수 있기 위해 카스탈리엔을 떠난다.[50]

제6부
깨달음의 문제

크네히트의 "영혼이 각성되고 변모를 보이며 한층 더 상승"^{제5권 49쪽}하게 하는 "삶에서의 하나의 분기점"^{제5권 49쪽}으로의 "깨달음"은 작품 속에 다양하게 등장한다. 크네히트는 마치 "마술사"와 같은 음악 명인과의 만남을 통해 "변화하고 성장"하였음을 느끼고 "자기와 세계 사이에서 새로운 조화"^{제5권 49쪽}를 느끼며 "어떤 일이라도 할 수 있다고 생각"한다^{제5권 50쪽}. 제1장 「소명」에서 음악 명인과 젊은 크네히트의 대화 속에 작가의 생철학이 담겨져 있다.

여보게, 진리야 있네. 그러나 자네가 바라는 '가르침', 절대적이고 완전하고 그것만 있으면 지혜로워지는 가르침이란 존재하지 않아. 자네는 완전한 가르침이 아니라, 자네 자신의 완성을 바라야 하네. 신성은 개념이나 책 속에 있는 것이 아니라 자네 안에 있어. 진리는 체험되는 것이지. 가르쳐지는 것이 아니야제5권 72쪽.

완전한 것, 진리는 가르칠 수 있는 것이 아니라, 체험되는 것이고 인간이 완전함을 추구하는 것은 자기 자신의 신성함을 깨닫는 것임을 크네히트는 음악 명인을 통해 깨닫게 된다. 즉 크네히트는 인간 스스로가 독일의 철학자 셸링 Friedrich Wilhelm Joseph von Schelling적 의미의 '절대 존재Absolutum'임을 알게 된다. 특히 제3장 「연구시절」에서 죽림에서 노형과 함께 생활한 이후, "깨달음"이라는 단어가 처음 등장한다. 노형은 다음과 같이 말을 한다.

대나무가 서 있는 깨끗하고 자그마한 뜰을 세상에 옮긴다는 것은 못 할 일도 아니지. 그러나 세상을 죽림 가운데 세우는 일을 정원사가 잘 할는지 어떨는지, 의심스럽소. … 그 후 요제프 크네히트는 죽림에서 보낸 몇 달 동안을 어느 때보다 행복한 시기라고 말했을 뿐만 아니라, 때로는 '깨달음의 시초'라고 부르기도 했다제5권 117쪽.

죽림에서 고립된 삶은 "일종의 도피"이고 "보편성을 단념하는 것이며, 극히 소수의 사람에게만 가능하고 허용되는 것이다. 그 자체로 완전한 것이지만 과거를 위해서 오늘과 내일을 단념하는 것"제5권 119쪽임을 크네히트는 깨닫게 된다. 노형을 통해 그는 은둔하는 삶이 그의 길이 아님을 깨닫게 된다.[51]

크네히트의 다음 단계의 "깨달음"은 야코부스 신부를 통해서이다. 그는 야코부스 신부와 만난 다음에 중요한 것이 진리의 문제가 아니라 현실을 인식하는 것임을 깨닫는다. 여기에서 그에게 "깨달음"의 의미는 다음과 같이 표현된다.

깨달음을 획득할 때 문제가 되는 것은 진리와 인식이 아니라, 현실과 그것을 체험하고 그것을 이기는 것이라고 생각되었다. 깨달음을 획득할 때는 사물의 핵심이나 진리에 한층 더 가까워지는 것이 아니라, 눈앞에 놓인 사물의 상태에 대한 자기 태도를 파악하며 밀고 나가며 때로는 인내하는 것뿐이었다. 그때 발견하는 것은 법칙이 아니라 결심이었다. 세계의 중심이 아니라 자기의 중심에 이르는 일이었다제5권 350쪽.

야코부스는 크네히트에게 "자기의 중심에 이르는 일", 즉 '내가 되는 것Ichwerdung'[52]의 과정을 알려준다. 크네히트는 야코부스 신부와의 대화를 통해 자신이 카스탈리엔이라는 성찰적 세계 속에만 몰입되어 있음을 알게 되면서, 자신의 사명 의식, 즉 바깥세계에 대한 책임과 인식을 강조하며 깨달음을 얻게 된다. 크네히트는 유희의 명인이 되어 지고의 자리에 올라. 교육자와 스승으로서 모범적으로 자신의 직책을 수행한다. 그러나 데지뇨리와 야코부스 신부와의 대화는 크네히트에게 삶의 양극성을 인식하게 한다. 결국 그의 의구심은 증폭되며, 제8장 「양극」에서 크네히트의 깨달음은 다음과 같은 단계에 도달한다.

역사란 이기주의와 본능적 삶이라는 이 죄악의 세계를 재료와 동력으로 삼지 않고서는 성립할 수 없다는 것, 카스탈리엔의 수도원 같은 숭고한 조직 또한 이러한 탁한 홍수 속에서 태어났고 다시 그 속으로 삼켜질 것임을 좀 더 확실히 깨닫지 않을 수 없었다제5권 242쪽 이하.

결국 크네히트는 바깥 세계 속에서 약속을 이행하는 실천적 삶을 위해 카스탈리엔의 배타적이고 성찰적인 삶의 단계를 떠나는 결정을 하게 된다. 제11장 「회람」에서 크네히트는 "교육청에 보내는 유희 명인의 글"제5권 316쪽이라는 편지를 쓰며 유희의 명인이라는 직책을 면해달라는 청을 하지만, 처음에는 청원에 대한 거절 편지를 받게 된다. 제12장 「전설」에서 크네히트는 "수도원 본부 수석인 알렉산더 명인"제5권 346쪽에게 개인적으로 면담을 신청하여 유희의 명인의 직책을 내놓고 카스탈리엔을 떠나고자 하는 그의 요청은 받아들여진다.

크네히트의 최종결정은 거리를 두고 성찰하거나 상황을 분석하는 것이 아니라, 현실에 포함되거나 헌신하는 것을 의미한다. 카스탈리엔의 바깥세상, 즉 현실 속에서의 자신의 소명을 인식한 크네히트에게 각성의 의미는 카스탈리엔을 떠날 준비 그리고 변화할 준비[53]가 되어 있음을 뜻하는 것이다. 크네히트의 마지막 깨달음의 단계는 결정 내지는 결심의 단계이다. 다시 말해 크네히트에게 깨달음의 의미는 더욱 확고하게 운명으로부터 결정된 자신의 길을 갈 것을 인식하는 것이다.

새로운 공간으로 편입되었다는 것은 깨달음을 얻는 것, 혹은 새로운 시작을 알리는 것이다. 크네히트가 카스탈리엔의 한계와 사회에 대한 책임을 인식하며 외부 세계로 되돌아가 교육자로서 봉사하려는 것이 『유리알 유희』의 마지막 부분의 핵심 내용이다. 크네히트의 마지막 단계의 깨달음은 바깥세상에서의 대중적인 영향을 미치는 인물이 되는 것이 아닌, 티토라는 한 인간에 대한 단순한 교육자로서 살아갈 결심을 의미한다. 이러한 결정은 제도나 국가 혹은 사회적인 정책을 수립하는 데 희망을 걸기보다는, 혼자서 책임을 지고 살아가며 개개인에 희망을 걸고 있는 헤세의 사회에 대한 봉사의 한 방법이다. 이는 고립주의자Einzelgänger[54] 임을 자처하는 헤세만의 사회봉사의 한 방법일 것이다.

제7부
책임과 봉사

『유리알 유희』의 주인공의 이름인 크네히트Knecht는 하인이란 뜻으로, 이름부터 봉사하는 자를 의미한다.[55] 헤세는 1933년 9월 25일자 편지에서 사회문제 의식에 대한 공동의 책임에 대해 다음과 같이 언급하고 있다.

한 인간이 스스로에게 많은 것을 요구하고, 이러한 요구를 다른 이들에게까지 확장시켜 자신의 삶을 선한 것을 위한 '투쟁'으로 만든다면, 나는 그것을 이해하고 인정한다. 그러나 나는 이에 대한 판단을 포기해야만 한다. 왜냐하면 나는 투쟁, 행동, 대립을 전혀 가치 있다고 여기지 않기 때문이다.

세상의 변화를 꾀하는 모든 의지가 전쟁이나 폭력으로 유도
되는 것을 나는 알고 있다. 그러나 그러기에 반대의 편에도
설 수 없다. 왜냐하면 나는 반대편도 인정하지 않으며 지상
의 불법과 악의가 치유가 가능하다고 믿지 않기 때문이다.
우리가 변할 수 있고 변해야 한다면 우리 스스로이다. 우리
의 조급함, 우리의 이기주의(정신적인 것도 함께) 모욕당한 사
람들, 사랑과 관용의 결핍이다.[56]

헤세는 이 글을 통하여 도덕적·정치적 신념을 가지고 사
회 속에서 대중의 참여를 유도하는 것보다는, 개인의 양심
에 근거하여 실질적인 개인의 삶의 진실을 추구하려는 자
신의 평소의 철학관 내지는 소신을 말하고 있다. 헤세는
"우리 시대에 필요한 것과 요구하는 것은 유능한 관료주의
나 활동이 아니라, 인격, 양심 그리고 책임이다"[57]라고 말하
며, 책임의 소재를 개개인의 의식에 둔다. 책임과 봉사하는
인물들은 크네히트가 작성한 이력서에 등장하는 인물로도
구체화된다.
　『유리알 유희』에서 처음으로 크네히트에게 카스탈리엔

의 이상적 비전과 교육자의 이상, 그리고 봉사의 의미를 보여주는 인물은 음악 명인이다. 그리고 그는 크네히트에게 유리알 유희의 위험을 경고한다.[58] "신성이라는 것은 자네 마음속에 있지, 개념이나 책 같은 데 있는 것이 아니네. 진리라는 것은 살아 있는 것이지 가르칠 것이 아니야"제5권 72쪽. 제1장 「소명」에서 음악 명인은 베롤핑엔 라틴어학교에 크네히트의 음악 시험을 치르기 위해 그와 처음으로 대면한다. 음악 명인은 크네히트에게 다정하게 인사한다. 그리고 음악 명인이 행하는 음악 시험은 엄격하게 치러지는 것이 아니라, 크네히트와 오랫동안 함께 연주하며 친구가 되는 과정으로 묘사된다. 크네히트는 "대가에 대한 존경과 사랑으로 설레고 있었다. … 눈앞에 전개되는 그 곡 속에 있는 법칙과 자유, 봉사와 지배를 즐겁게 조화시키는 정신을 그는 희미하게 느꼈다"제5권 46쪽. 음악 명인은 가르치면서 제자의 숨겨진 재능과 능력을 발휘하도록 하면서 사회에 봉사하도록 하는 교육자의 이상적 모습을 보여준다. 그리고 결정적으로 크네히트는 야코부스 신부로 인하여 사회와 역사에 대한 책임을 인식하게 되고 결국 사회에 대한 봉사를 속세에서 제자를 교육하는 것으로 파악한다.

제11장「회장」에서 크네히트는 카스탈리엔을 떠나면서 바깥 세계에 대한 책임을 언급한다. 성스러운 의미가 완성되는 미래를 위해 자신을 희생하는 의미는 헤세의 시「시인과 그의 시대 Der Dichter und seine Zeit」(1929.8.31.)에서도 나타나 있다.

　영원한 형상에 충실하게, 관찰하며 확고하게
　그대는 행동과 희생 봉사할 준비가 되어 있어야 한다.
　외경심이 없는 시대에
　그대에게 직책, 단상, 품위와 신뢰가 부족하더라도.

　지위를 잃어버리더라도 세상의 조롱을 받더라도,
　단지 그대의 명성을 의식하면서 만족할 줄 알아야 할 것이다.
　녹슬지 않는 보물들을 보호하기 위해
　영광과 삶의 즐거움을 포기하면서.

　그대에게 성스러운 목소리만 들릴 동안은,

장바닥의 조롱이 그대에게 해를 끼치지 못할 것이니.

그 목소리가 의혹 속에 죽어간다면, 그대는

자신의 마음에 의해 지상의 바보로 조롱받을 것이다.

그러나 더 나은 미래의 완성을 위해

고통스러울지라도 봉사하는 것이 나을 것이다. 행위 없는 희

생은,

그대의 고통의 의미인, 그대의 소명에 대한 배신으로

지배하게 될 것이다제10권 303쪽.

시인은 비록 바보로 조롱받지만, '미래의 완성을 위해 고
통스러울지라도 봉사'하는 것이 시대 속에 시인의 소명일
것으로 헤세는 파악하고 있다. 카스탈리엔은 혼탁하고 탐
욕스러운 바깥세상과 세속의 환락을 거부하고 금욕하며
엄격한 정신적인 연구에 몰두하여, 음악가, 언어학자, 수학
자 등의 학자를 길러내는 것을 목표로 한다. 그러나 점차
적으로 카스탈리엔 사람은 외부와 담을 쌓으며 외부 세계
에 대한 책임을 외면하고 카스탈리엔 내부에서 '특권'을 누

리는 것을 당연하게 생각하게 된 것이다. 그러나 카스탈리엔의 재정적 책임을 지는 외부세계가 전쟁 등과 같은 문제로 인하여 카스탈리엔을 유지시키는 데 어려움을 느끼면서, 카스탈리엔을 "기생충이나 해충이나 또는 사교邪敎를 떠들어대는 자요, 원수와 같이 느끼게"제5권 321쪽 될 가능성도 존재함을 크네히트는 알게 된다. 크네히트는 자신의 봉사에 대한 사명을 교육국에 보내는 사직서에 다음과 같이 밝히고 있다.

> 학교에 대해서, 세속적인 학교에 대해서 겸손하고 책임이 있는 무거운 봉사를 하는 것을 우리 임무 중 가장 중요하고 명예로운 부분으로 인정하며 그것을 완성해야 할 것입니다제5권 333쪽.

크네히트는 교육자로서의 자신의 소명을 인식하며, 자신의 방법으로 소명을 실천하려 카스탈리엔을 떠난다. 제12장 「전설」에서 크네히트는 학창시절의 친구인 데지뇨리를 찾아가, 스스로 "영향력 있는 귀족가의 외아들이자 미래의 통치자가 될 인물, 국가와 민족을 사회적으로나 정치적으로 형성할 수 있는 인물로 모범이 되고 지도자가 될"제5권 388쪽 티토의 스승이 되겠다고 한다. 크네히트는 학문과 명상에 몰두할 뿐 아니라 활동을 겸비한 유능한 인물을 지도하기 위해 봉사하는 것을 자신의 주요한 과업으로 생각한다.

헤세는 『유리알 유희』에 감명을 받아 『헤르만 헤세의 서동 시집Hermann Hesse West-Östliche Dichtung』이라는 저서를 쓴 판비츠Rudolf Pannwitz에게 보내는 1955년 1월의 편지 속에 『유리알 유희』 속의 크네히트라는 인물의 삶과 결심을 통하여 자신의 세대의 "영혼과 지성인의 삶"[59]과 존재론적 앙가주망을 연관시키고 있음을 밝히고 있다. 크네히트로 하여금 성장하게 하고 깨달음을 획득하여 자신의 소명을 깨닫게 하는 데 성찰적 삶과 실천적 삶의 대립된 세계가 있다. 크네히트는 두 세계를 극복하여 합일을 이룬다. 크네히트를 예수의 형상으로 표현하려 했냐는 질문에 헤세는 1964년의 편지에 다음과 같이 대답하고 있다.

나는 크네히트에게서 성자들의 형제를 찾으려 합니다. 그런 이들은 많습니다, 신의 현현보다 훨씬 더 많은 것을 의미합니다. 그것은 문화와 세계사의 '엘리트들'입니다. 그들은 개성과 특성이 부족하기 때문에 초인간적인 것에는 포함되지 못하고 헌신할 수 없지만, 개인에 대해 장점을 주는 역할을 하기 때문에 일반적인 사람들과 구분이 됩니다.[60]

헤세는 『단계』라는 시에서 크네히트에게 깨달음이란 과거의 단계와 이별하여 더욱 발전하는 것을 의미하는 것이라고 말한다. 크네히트는 자신의 교육의 근저인 카스탈리엔의 성찰적 세계에서 성장하지만 결국 카스탈리엔의 한계를 인식하면서 카스탈리엔이 극도로 추상화되는 것을 비판하고, 카스탈리엔을 떠나 현실세계 속에서 교육자로 봉사할 것을 결정한다.

깨달음을 획득할 때 문제가 되는 것은 진리와 인식이 아니라, 현실과 그것을 체험하고 그것을 극복하는 것이라고 생각되었다. 깨달음을 획득할 때는 사물의 핵심이나 진리에 한층 더 가까워지는 것이 아니라, 눈앞에 놓인 사물의 상태에 대한 자신의 자아의 태도를 파악하여 밀고 나가는, 때로는 인내하는 것뿐이었다. 그때 발견하는 그것은 법칙이 아니라 결심이었다. 세계의 중심이 아니라 자기의 중심에 이르는 일이었다제5권 350쪽.

크네히트에게 깨달음의 순간은 내가 되는 과정, 즉 '자기의 중심에 이르는 과정'을 관찰할 수 있는 시간이며, 또한 모든 것에 대해 열린 마음으로 그리고 진실을 받아들일 수 있는 것을 의미한다.

제8부
크네히트의 죽음의 의미

베르트람의 희생

제6장 「유희의 명인」에서 유희의 명인 토마스 폰 트라베의 대리인이며 "그림자"^{제5권 187쪽}인 베르트람_{Bertram}에 대한 이야기가 나온다. 대리인은 유희의 명인에 의해 선택되어 임명된다. 대리인은 유희의 명인에게 복종하여 모든 일을 수행한다. 대리인이란 자리는 "주요한 직무를 맡고 높은 영예를 차지하지만"^{제5권 188쪽} 유희의 명인으로 선출될 수 없는 한계를 지닌다. 대리인 베르트람은 유희의 명인이 죽기 오래 전부터 이미 영재들에 의해 비판과 공격을 받는다. 유희의

명인은 대리인과 영재들에게 서로 평화를 유지하고 축제를 성공적으로 개최하도록 당부하고 사망한다. 축제를 성공리에 마치고서 베르트람은 사라진다. 그 후 그는 절벽에서 떨어져 사망했다고 전해진다. 작품의 화자는 베르트람이 "무능하거나 자격이 없는 인물"이 아니라 일종의 "희생자"제5권 190쪽라고 설명한다. 베르트람의 희생은 영재들에 의해 이해되지도 인정받지도 못한다. 이 일을 경험한 크레히트는 자신의 "그림자"인 대리인을 선발하지 않고 영재들에게 결정하도록 일임한다. 베르트람은 장차 벌어질 크네히트의 희생적 죽음을 암시하는 인물이다.

크네히트의 죽음

『유리알 유희』의 제10장 「준비」에서는 크네히트가 수도에 있는 데지뇨리의 집을 방문한 이야기가 약술된다. 크네히트는 데지뇨리에게서 "그림자"와 "숨이 막힐 듯이 무거운 분위기"제5권 301쪽를 느끼고, 그들 가족의 문제점을 인식하게 된다. 크네히트는 데지뇨리를 돕고 싶은 마음에, 그의 아들 티토의 교육을 위해 그를 카스탈리엔으로 보낼 것을 데지뇨리 부부에게 권한다. 그러나 부인은 "아이와 헤어질"제5권 302쪽 수 없다고 말한다. 마침 카스탈리엔을 떠날 생각을 하던 중이었던 크네히트는 데지뇨리와의 대화를 통해 "언제고 한 번 현재의 생활 방식을 벗어버리고 새로운 생활 속으로 뛰어들겠다"는제5권 304쪽 생각을 굳힌다. 그는 티토의 교육을 위해 도와달라는 데지뇨리의 제안을 흔쾌히 받아들인다.

마지막 장인 「전설」에서 크네히트는 카스탈리엔 밖의 현실에서 교육자로서 봉사하기 위해 유희의 명인의 직책을 내려놓을 것을 결정하고 카스탈리엔을 떠나는 것이 묘사된다. 크네히트는 데지뇨리의 집에 도착하여 산속의 벨푼트 Belpunt 산장에 미리 가 있는 티토를 찾아갔다가, 다음 날 호수에서 익사한다.

크네히트는 카스탈리엔을 떠난 다음 날, 마차를 타고 벨푼트로 가서 티토를 만난다. 크네히트는 저녁 식사 후 몸이 불편함을 느낀다. 그러나 다음 날 아침 크네히트는 티토가 스포츠를 좋아하는 성향임을 알게 되면서 "운동 친구가 되어 불같은 젊은이를 가르치고 길들이는 하나의 방법으로 이용할 결심을 했다"제5권 389쪽 이하. 크네히트는 음악으로 제자를 다스리려 생각하면서도 우선 티토를 관찰한다. 티토는 호수에서 태양을 바라보고 자연의 "장엄한 미"제5권 390쪽에 도취하여 춤을 춘다. 티토가 태양을 맞이하며 추는 춤은 괴테의 『파우스트Faust』 2부 제3막에 등장하는 오이포리온 Euphorion의 춤을 연상시킨다.

> 합창: 그대가 두 팔을
>
>   사랑스럽게 놀리시고,
>
>   고수머리 광채 속에
>
>   흔들면서 움직이면,
>
>   그대의 발이 그렇게도 경쾌하게
>
>   대지 위를 미끄러져 가고,
>
>   이리로 또 저리로
>
>   손발을 가벼이 이끌어 가시면, ⋯Faust, V. 9754-9762.

오이포리온은 "두 팔을 사랑스럽게" 그리고 "발이 그렇게도 경쾌하게" 움직인다. 티토도 오이포리온처럼 아침 태양 속에서 "리드미컬하게 두 팔을 움직이며", "그의 발걸음은 승리의 태양을 향해 즐겁게 따르듯이 앞으로 나아가기도 하고 공손하게 물러서기도 했으며", "타오르는 생명감을 축제의 제물로서 자연의 힘에 바치려는 것처럼 보였다"제5권 390쪽. 티토는 무아의 경지를 보여주는 춤으로 자신의 성스러운 영혼을 제물로 바치려는 듯하다. 크네히트는 티토의 춤이 단순한 "자유에 대한 감정만 드러난 것이 아니라",

그 못지않게 거기엔 자기의 젊은 생명의 변화와 단계가 다정하면서도 경외감을 불러일으키는 명인이라는 인물 속에 나타나 자신을 기다리고 있다는 느낌이 작용하고 있었던 것이다제5권 391쪽.

티토의 춤은 "정신에서 멀리 떠난 이교도 같아" 보이지만, 크네히트에게는 "장엄하고 신성한" 유리알 유희의 의식과 같으며 "예배의 춤"제5권 391쪽이다.[61] 작가는 티토의 춤을 표현하면서, 그의 "자유에 대한 감정"뿐만이 아니라, "운명"

과 "영혼"^{제5권 391쪽}에 "변화"의 "단계" 그리고 "제물"이라는 단어를 사용하고 있다. 변화와 단계 그리고 희생(제물)은 크네히트의 핵심 단어이다.⁶²

티토는 스승에게 수영 내기를 하자고 청한다. 크네히트는 몸이 불편함에도 불구하고 "소년의 마음을 얻기 위해", "순수한 마음으로 같이하면서, 스승이 겁쟁이도, 샌님도 아니라는 것을 젊은이에게 충분히 보이기 위해"^{제5권 390쪽} 티토의 제의를 거절하지 않는다. 그는 얼음처럼 차가운 호수에 뛰어들다가 결국에는 죽음을 맞이한다. 물속에서의 죽음은 시인의 다른 작품에서처럼 상징적 의미를 지닌다. 즉, 물속에서 맞이하는 죽음은 헤세에게서는 어머니의 어두운 세계로의 귀향을 의미한다.

티토와 크네히트와의 관계는 크네히트와 그의 스승인 음악 명인과의 관계가 반복되는 것으로 이해할 수 있다. 즉 "지혜는 청춘을 구하고, 청춘은 지혜를 구하며 무한히 비약하는 이 유희는 바로 카스탈리엔의 상징이었다. 사실 그것은 늙음과 젊음, 낮과 밤, 음과 양으로 나뉘어 흐르는 인생 자체의 유희이기도 했다"^{제5권 199쪽}.

티토: "미래의 완성"

티토는 스승의 죽음에 직면하면서 죄책감을 느끼고 다음과 같이 말한다. "오, 어쩌면 좋을 것인가? 자신이 그 사람의 죽음에 책임이 있다고 생각하니, 그는 놀라지 않을 수 없었다. 이미 끝까지 싸우며 항거할 필요 없는 이때, 비로소 놀란 마음의 비애 속에서 자기가 이 사람을 매우 사랑하고 있음을 느꼈다. 아무리 변명을 해도 명인의 죽음에 자신도 책임이 있다는 것을 느끼면서, 이 책임이 자신과 그의 삶을 변화를 일으키며 지금까지 자기가 스스로에게 요구했었던 것보다 더 위대한 것을 요구하리라는 예감에 사로잡히자 곧 그는 신성한 전율을 느꼈다"제5권 394쪽. 크네히트의 갑작스러운 죽음에 대해, 헤세는 한 여성 독자에게 보내는 1947년 11월자 편지에서 다음과 같이 말하고 있다.

결론적으로 당신이 그것을 이해할지는 그다지 중요하지 않을 것입니다. 제 말씀은 그것이 오성을 가지고 크네히트의 죽음을 이해하거나 동의한다는 것을 말합니다. 이 죽음이 당신에게 이미 그 영향력을 발휘하였기 때문입니다. 그것이 티토의 마음속에 영향력을 행하였듯이, 당신의 마음속에 하나의 상처를 남겼습니다. 더 이상 잊을 수 없는 경고를 말입니다. 그는 당신의 내면에 정신적 양심을 깨우치게 했고 강화했습니다. 이것은 당신이 나의 책과 당신의 편지를 잊어버리게 되는 그때가 되더라도 계속 영향력을 발휘할 것입니다. 이 책에서 나오는 것이 아닌 당신 자신의 내면에서 말해지는 목소리에 귀 기울이십시오. 그 목소리는 당신을 계속 인도할 것입니다.[63]

티토의 죄책감이 그의 내적인 발전에서 하나의 추진력으로 간주될 수 있기에, 크네히트의 죽음은 교육자로서의 성과를 획득하여, "끝이 아니라, 새로운 시작"[64]의 상징이 된다고 헤세는 말한다. 또한 헤세는 크네히트의 희생적 죽음에 대해 한 여성 독자에게 보내는 1947년 11월의 편지 속에서 다음과 같이 말하고 있다.

(크네히트는) 현명하고 품위 있게 그것을 거절할 수 있었을 것

입니다. 그러나 그는 몸 상태가 좋지 않았음에도 산의 호수로 뛰어들었습니다. 그는 이기기 어려운 소년을 실망시키지 않기 위해 물속으로 뛰어든 것입니다. 그리고 자신보다 훨씬 뛰어난 한 남자의 희생적 죽음이 일생 동안 경고와 가르침을 의미하고, 그리고 현자의 모든 기도보다 그에게 더욱 교육적인 의미를 줄 수 있다는 것을 티토에게 남긴 것입니다.[65]

크네히트의 죽음이 티토의 정신적 발전에 긍정적 영향을 미쳐 그가 새로운 존재로 거듭날 수 있도록 도움이 되었기에, 크네히트의 죽음은 의미 없는 죽음이 아니라 희생적 죽음이라 할 수 있다고 헤세는 말한다. 크네히트는 희생적 죽음을 통해 진정한 교육자의 정수를 보여준다. 깨달음의 여러 단계를 거쳐 정신적으로 성장하면서 크네히트는 마지막으로 보다 나은 세상의 완성을 위해 자신을 희생하고 봉사할 교육자의 실천적이고 희생적 삶을 선택한 것이다.

크네히트는 초기에는 카스탈리엔에서의 성찰적 삶이 자신의 소명이라는 깨달음을 획득하고 명상과 학문에 정진하여 유리알 유희의 명인이 된다. 그러나 그는 바깥 세상에 대한 자신의 책임을 각성하게 되면서, 실천적 삶을 몸소 실행하기 위해 과감히 유희의 명인이라는 지위를 내어놓고 사회에 나가 책임을 가지고 봉사하는 교육자로서의 삶을 살아가려 결정한다. 원래 카스탈리엔은 훌륭한 교육자를 육성하여 바깥 세계에 봉사하는 인재를 양성하는 것을 목표로 삼고 있다. 그러나 카스탈리엔이 점차로 바깥 세계와는 격리되어 고도의 정신세계 속에만 몰두하게 되었음을 크네히트는 깨닫게 되고, 그 깨달음은 그로 하여금 제자를 위한 희생적 죽음을 선택하게 한 것이다.

제9부
요제프 크네히트의 유고

학생 시절과 연구생 시절의 시

첫 번째 시 「비탄Klage」은 1934년에 완성되었고 후에 1942년 출간된 『시집Die Gedichte』에, 마지막으로 『유리알 유희』에 포함되었다. 시 「비탄」의 도입 부분에 인간의 존재는 "흘러든다, 나아간다"란 동사 단어로 표현되고, 작가는 지나가는 시간 속에 "존재에 대한 갈망", 즉 지속성에 대한 갈망을 지니고 있음을 말한다. 그러나 자연은 풍요롭지만은 않으며, 신은 자신의 의지대로 인간을 "매만지"고 있는 상태이다.

밭도 쟁기도 우리를 부르지 않고, 우리를 위해 **빵**은 부풀지
않는다.

…

신은 손 안의 진흙처럼 우리는 매만진다.

언젠가는 굳어서 돌이 되어 영원하리라제5권 397쪽.

인간의 의지와는 상관없이 신의 의지대로 인간이 만들
어지기에 신의 품속에 있는 것은 불안하기만 하다. 크네히
트는 인간이란 "존재는 부여되지 않"는 불확실성 속에서도
"돌이 되어 영원"하려는 욕망을 가진 양극적인 상황 속에
있음을 말하고 있다. 시 「비탄」은 긍정적·부정적인 모든
유한한 상황에도 인간은 지속성에 대한 욕구를 가진 존재
임을 말한다.[66]

두 번째 시 「절충Entgegenkommen」 또한 1934에 완성되었다
가, 1942년 출간된 『시집』에, 마지막으로 『유리알 유희』에
포함되었다. 이 시에는 크네히트가 나아갈 삶의 길에 대한
예감이 묘사된다. 크네히트는 카스칼리엔에게 있어서 "정
들고 편안한"제5권 397쪽 안전은 단지 가상일 뿐이며, 위험한

"심연"제5권 398쪽은 가려져 있음을 말하면서 카스탈리엔의 문제를 인식하고 있음을 말한다.

세 번째 시 「그러나 우리는 남몰래 갈망하지Doch heimisch dürsten wir …」는 유토피아적인 카스탈리엔에서 영위하는 삶에 대해 찬미하는 묘사부터 시작한다.

우아하게, 정신적으로, 아라베스크 무늬처럼 현묘하게, 우리의 삶은제5권 398쪽.

마지막 행에서 "그러나 우리는 남몰래 갈망하지, 현실을 생식과 탄생을, 번뇌와 죽음을"제5권 398이라는 고백으로 끝을 맺는다. 즉, 유토피아적 삶을 영위하는 카스탈리엔을 찬미하면서도, 그럼에도 현실을 갈망하는 크네히트의 양극성이 표현된다.

네 번째 시 「문자Buchstaben」의 처음 부분에는 인간의 창작 행위에 대해서 말하기 시작한다.

흰 종이 위에 기호를 쓴다.

…

규칙이 정해진 유희니까제5권 398쪽.

그러나 "야만인"과 "외계인"제5권 398쪽 이하은 루네 문자를 보고

온갖 생명 있는 것들이
움직이지 않는 검은 글씨의 행간에 출몰하는 것을 보게 되리라
…
생의 충동과 죽음, 환락과 고뇌가
형제가 되어 구분이 되지 않으리라제5권 399쪽.

그리고 놀라면서 "루네 문자가 적힌 하얀 종이를 불사르리라." 그러고는 그들은 이 세계가 "존재하지 않는 것으로" 사라지는 것을 보고 "탄식하고 미소 지으며 원기를 회복하리라." 즉, 야만인과 외계인은 인간의 문화적 유산을 파괴시킨 후, 자신들은 마침내 구원되었음을 느끼고 안심한다. 문자가 사라지면서 세계가 사라지는 것을 야만인과 외계인

이 느끼는 것처럼, "비현실적인 이 세계"인 카스탈리엔이란 세계가 사라질 수 있을 것임에 대한 부정적인 예감으로 시는 끝이 난다.

다섯 번째 시 「옛 철학서를 읽고Beim Lesen in einem Philosophen」에서는 염세적이고 부정적인 인식이 등장하지만, 마지막 연에는 낙관주의적인 고양된 정신이 표현된다.

모든 것이 썩고 시들어서 죽어야 하는
인식이 이미 깃들어 있기나 하듯이.
…
역겨운 시체의 이 계곡 속에
고민은 하면서도 썩지 않으며
정신은 동경에 가득 차 붉게 타오르는 봉화를 들고
죽음을 이기고 자신을 불멸케 한다제5권 400쪽.

여섯 번째 시 「최후의 유리알 유희 연주자Der letzte Glasperlen-spieler」에서는 크네히트는 "그들은 가버리고, 카스탈리엔의 사원도 도서관도 학교도 이제는 없다"제5권 400쪽라고 말하며,

카스탈리엔이 장차 몰락할 것을 암시한다. 폐허에 서 있는 한 노인이 구슬이 손에서 떨어질 때까지 쥐고 있다. 카스탈리엔은 영원히 불변하는 것이 아니라, 모든 역사적 현상처럼 생성하고 몰락하는 것으로 묘사된다.

일곱 번째 시 「바흐의 토카다에 부쳐Zu einer Toccata von Bach」에서 음악이 충동을 일깨우고 있음이 묘사된다. 그리고 충동은 다음과 같은 내용을 가지고 있다.

> 격심한 충동은 기쁨, 괴로움, 말, 형상, 노래가 되어
> 세계를 하나씩 구부려 대사원의 개선문으로 삼는다.
> 그것은 본능이요, 정신이요, 투쟁이요, 행복이요, 사랑이다
> 제5권 401쪽.

인간은 음악을 통해 삶 속에서 느낄 수 있는 다양한 감정을 표출할 수 있는 것이다.

여덟 번째 시 「꿈Ein Traum」에서 작가는 도서관에서 인류에 대한 진리들이 담겨져 있는 책을 보고 황홀해한다. 그러나 곧 그는 한 노인에 의해 책 속의 내용들이 사라져버리는 것

을 깨닫게 된다.

정신의 오묘한 진리가

희귀하고 신비스러운 그 책 속에 들어 있었다.

…

나는 오싹 소름이 끼쳤다.

그의 손가락이 지우개처럼 책 위를 더듬어갔다.

텅 빈 가죽에, 그의 펜은 조심스럽게 한 자 한 자

새로운 제목과 의문과 약속과

가장 오랜 의문의 가장 새로운 변형을 썼다.

그리고 아무 말 없이 그는 책과 펜을 들고 갔다제5권 402쪽 이하.

손가락으로 책의 내용을 지우는 한 노인의 행위를 통해
개개인의 시인들과 작품들은 사라질 수 있다는 것을 보여
준다. 그러나 마지막에 '새로운 변형'을 쓰는 노인의 행위
로, 인류의 문학은 불멸하고 지속될 것이라는 것을 헤세는
암시하고 있다.[67]

아홉 번째 시 「봉사Dienst」에서는 크네히트의 정신에 대한

봉사가 이야기된다.

그러나 진정한 생명의 예감은 결코 죽지 않았다.
기호의 유희와 비유와 노래로써
몰락하면서도 신성하고 위엄 있는 경고를 계속하는 것은
우리의 임무_{제5권 405쪽}

그리고 시의 마지막 행에서 봉사는 제물이 되는 것을 뜻함을 이야기한다.
열 번째 시 「비누방울Seifenblasen」에서는 노인, 소년 그리고 학생이 등장한다.

노인과 소년도 학생도 모두
현세적 환상의 거품 속에서
신비스러운 꿈을 꾼다. 그것은 무가치하지만
그 가운데서 영원한 빛이 미소 지으며
자신을 알고 더욱 즐겁게 타오른다_{제5권 405쪽}.

작품을 쓰는 노인과 학생 그리고 온 힘을 다하여 만드는 거품이 찬미가가 되게 하는 소년의 일들은 마치 환영일지라도 영원할 것이며 더욱 즐거움을 줄 것이라고 헤세는 말한다. 이 시에는 노인, 학생 그리고 소년의 행위를 통해 예술과 현실과의 관계, 지속성과 환상(마야Maya) 모티브가 등장한다. 쇼펜하우어는 자신의 저서 『의지와 표상으로서의 세계』의 초판 서문에서 자신의 철학 사상의 원천이 칸트, 플라톤과 우파니샤드 철학이라고 말한다.[68] 우파니샤드 철학에서 환상은 인간의 눈을 덮고 세계를 보게 하는 거짓된 베일이다.[69]

열한 번째 시 「이교도 반박 대전을 읽고Nach dem Lesen der Summa contra gentiles」에서 크네히트는 과거가 '정신과 자연'의 전일성의 세계였음을 말한다. 현재는 투쟁, 의혹, 신랄한 풍자, 충돌과 공격밖에 남아 있지 않다. 카스탈리엔이란 정신적 세계가 과거의 행복한 시절에 대한 동경을 목표함으로써만이 가능한 세계임을 인식하며 다음과 같이 말한다.

거기서는 모든 것이 맑고, 자연은 정신의 지배를 받는다.

모든 것이 그토록 밝고, 자연은 정신의 지배를 받으며,

인간의 모습 신에서 비롯되어 신으로 돌아가고,

법칙과 질서는 아름다운 형식으로 주어져,

만사가 단절 없이 전체로 완성되는 것 같았지제5권 406쪽.

후손들은 카스탈리엔에서 "조화로운 여운"과 "아름다운 신화 이야기"제5권 406쪽를 들을 것이다. 그러면서도 헤세는 정신적인 것만을 추구하는 카스탈리엔의 한계를 지적하고 있다.

열두 번째 시 「단계」는 헤세의 고백의 시다. 이 시는 1941년 완성되었다. 이 시에서는 삶에서의 깨달음이 단계적으로 나타나, 깨달음은 새로운 시작이거나 과거의 상황 혹은 전前 단계로부터의 이별을 뜻함을 말하고 있다.

꽃이 시들고 청춘이 늙음에 굴복하듯이

삶의 각 단계도 지혜도 덕도 모두

그때마다 꽃이 필 뿐

영속은 허용되지 않는다.

삶이 부르는 소리를 들을 때마다

마음은 용감하게 슬퍼하지 말고

또 다른 새로운 단계에 들어갈 수 있도록

이별과 새로운 시작을 준비해야만 한다.

무릇 생의 단계의 시초에는

우리를 지켜주고 살아가도록 도움을 주는 마력이 깃들어 있다.

우리는 생의 공간을 명랑하게 하나씩 지나가야 하니.

어느 곳에도 고향 같은 집착을 느껴서는 안 된다.

우주의 정신은 우리를 붙잡아 두거나 구속하려 하지 않고,

우리를 한 단계씩 높이며 넓히려고 한다.

우리 생활권에 뿌리를 내리고

정답게 들어앉으면 무기력해지기 쉬우니.

새로운 출발과 여행을 떠날 각오가 되어 있는 사람만이

우리를 마비시키는 습관에서 벗어나리라.

임종의 시간에도, 다시 우리를 새로운 공간으로 향하게 하고

젊게 꽃피워줄지도 모른다.

우리를 부르는 생의 외침은 결코 그치는 일이 없으리라 …

그러면 좋다. 마음이여, 작별을 고하고 건강하여라제10권 366쪽!

시「단계」에서 말하는 깨달음은 현실에 안주하는 것이
아닌, 새로운 또 다른 관계로 나아가는 것을 의미한다. 크
네히트가 처음 고향을 떠나 새롭고 낯선 카스탈리엔에서
깨닫는 것은 자신이 처해 있는 곳에서의 해야 할 일을 알아
가는 것이다.

열세 번째 시「유리알 유희」에서는 신비로운 "마법의 상
형문자"로 삶에 의미를 부여할 수 있는 "봉사"에 대해 이야
기한다.

거룩한 중심을 떨어진 자는

신성한 중심을 향해서 떨어질 뿐이다제5권 408쪽.

마지막 행은 유희의 명인의 지위를 내놓고 '거룩한 중심'
이자 '신성한 중심'인 삶의 현실로 되돌아가는 것을 의미
한다. 그리하여 헤세는 크네히트가 정신과 삶을 포괄하는

신비적 합일unio mystica로 가까이 다가갔음을 말한다.[70]

3편의 「이력서」

헤세는 판비츠에게 보낸 1955년 1월 편지에서 『유리알
유희』가 다른 시대에 살고 있는 같은 이름을 지닌 이의 자
서전으로 구상되었다고 설명하고 있다. 헤세는 『유리알
유희』의 근본적 동인을 "흐름 속에서의 불변을 위한 것이
며, 전통과 정신적 삶의 지속성을 위한 표현형식"[71]으로서
의 윤회Reinkarnation; Seelenwanderung[72] 사상의 개념으로 말하고 있
다. 그리고 그는 작품을 쓰기 전에 "초시대적 이력서 … 여
러 번의 부활 속에서 인류사의 위대한 시기들을 함께 체험
하는 한 인간을 구상했었"음을 말하고 있다. 크네히트의 여
러 가지 시대 속에서 영위하는 삶을 그린 3편의 이력서는
판비츠에게 말하는 헤세의 계획과 상응한다.[73] 헤세는 누
이 아델레에게 보내는 1934년 4월 말의 편지에서도 "그 책
은 지상의 여러 시대에 살았던 혹은 그러한 삶을 살았다고
생각했던 같은 남자의 여러 가지 이력서이다"[74]라고 밝히고

있다. 즉, 헤세는 다양한 시대에 다른 형태로 등장하는 사도 크네히트란 인물을 통해 역사의 흐름 속에서도 봉사하는 유형학적 인물상을 표현하고 있다. 「기우사」는 선사시대, 「고해사」는 초기 기독교의 시대, 「인도의 이력서」는 인도의 황금시기이며, 카스탈리아의 시대적 배경은 2400년대이다.

1)「기우사」

(1) 모권사회

〈노이에 룬트샤유*Neue Rundschau*〉에 1934년에 출판된「기우사」는 선사시대 속에서 활동하는 크네히트의 삶을 통해 『유리알 유희』의 핵심 테마인 '희생과 봉사'의 의미를 표현하고 있다. 「기우사」는 석기시대라는 시대적 배경을 통하여 자연과 인간과의 관계를 표현한다. 석기시대는 여성이 지배하는 모권제도를 지닌 시대여서 "아이가 태어나도 사내아이보다 계집아이를 더 소중하게 여겼"제5권 409쪽던 시대였다. 할머니는 마을 사람들에게 다음과 같은 존재이다.

마을의 아낙네들이 찾아와서 할머니에게 경의를 표하고 용건을 말하고 자기 아이들을 보여주고 축복을 받았다. 임신한 여인들도 찾아와 할머니에게 몸을 만져 달라고 하고 태어날 아기의 이름을 지어달라고 청했다. 할머니는 손을 대 줄 때도 있었지만, 그저 머리를 끄덕이거나 흔들거나 아니면 그냥 가만히 있을 때도 있었다. 그녀는 말은 거의 하지 않았다제5권 409쪽.

할머니는 "딸 일곱 명의 어머니이자, 많은 손자와 증손자의 할머니, 증조할머니"로 마을의 족장이다. 그녀의 존재는 그 자체로 중요하다. 할머니는 "깊게 파인 주름살과 그을린 이마에 마을의 지혜와 전통과 율법과 도덕과 명예를 간직하고 있었다"제5권 409쪽. 할머니와 그녀의 딸은 마을에 전해 내려오는 지식, "이야기"와 속담 그리고 "마을의 추억과 정신"제5권 410쪽을 소유하고 있었다. 할머니에 관한 설명에서 우리가 볼 수 있는 어머니의 특성은 가족, 탄생 그리고 역사와 전통이다.

할머니는 저녁마다 마을 사람들에게 여러 가지 이야기를 해주곤 하였는데, 그중 "마녀의 마을"제5권 410쪽에 대한 이

야기는 부정적인 어머니 세계를 말해준다. 즉, 아이를 낳지
못하는 여자들 중에 성질이 고약한 여자는 남편이 숲이나
늪지로 끌고 가 그곳에서 버린다는 것이다. 숲 속에 버려진
사악한 여자들은 그곳에서 동물의 언어를 배우고 마술을
부렸다. 그들은 아이가 없기 때문에 아이를 유혹하거나 어
두운 숲에서 길을 잃은 아이를 잡아간다. 여기에서 표현된
사악한 여성들이란 부정적 어머니의 상으로, 그 상징은 밤,
숲, 늪지, 마술, 사악함 그리고 죽음이다.

모권제도의 사회는 "글로 적힌 지식과 역사와 책과 문자
조차 없"는 선사시대이다. 또한 그들은 마을 너머에 있는
세계에 대해 알지 못하고 가까이할 수도 없다. 그러나 "어
머니의 지휘 아래 놓인 마을이자 고향인 부족사회로, 민족
이나 국가가 마을 사람에게 부여할 수 있는 모든 것을 그에
게 주었다"제5권 416쪽. 그러기에 모권사회 속의 부족들은 서
로 간의 연대감이 강했다. 동시에 그들은 자신들에게 음식
과 주거지를 제공하는 자연과 깊은 유대감 속에 살고 있음
이 다음과 같이 표현되어 있었다.

나무 사이에서 밤바람이 속삭였고 나뭇가지가 부러지는 소리가 나직하게 들려왔다. 축축한 흙냄새와 갈대가 자라는 진흙 밭 냄새, 생나무가 타는 연기 냄새가 났다. 그것은 비옥하고 달콤한 냄새였고, 다른 무엇보다도 고향을 의미하는 것이었다제5권 416쪽.

모권사회는 토양을 경작하며 살아가는 농업사회였다. 그러므로 마을의 족장인 할머니의 가장 중요한 역할은 파종 시기의 시작을 알리는 일이었다. "파종을 개시하는 엄숙한 행위 자체, 즉 최초로 한 줌의 종자를 농토에 뿌리는 일은 … 그것은 해마다 할머니가 몸소 하거나 또는 가장 나이가 많은 할머니의 친척이 손수 거행했다"제5권 421쪽 이하. 모권사회에서는 어머니만이 이러한 행위를 할 수 있다. 왜냐하면 이러한 어머니의 행위는 이삭의 숭배를 의미하고 모성의 의미를 상징하기 때문이다.[75]

(2) 기우사 투루: 파종과 수확에 대한 책임 그리고 마법사
마을 사람들 중에는 젊은 크네히트와 기우사 투루Turu의

딸 아다Ada가 있었다. 투루는 마을의 족장 할머니와 그녀의 딸 외에 부족의 전통적 지식을 지니고 있는 유일한 사람이었다. 투루는 자연과 모권의 우월성을 인식하고 모권사회에 봉사하는 사람이었다. 모권사회의 사람들은 자연에 대한 겸손제5권 423쪽 참조을 지니고 마법을 믿던 시대였다. 투루는 기우사로서 자연이 정신활동의 원천임을 인식하고 자연을 관찰하면서 탄생과 죽음이라는 삶의 순환을 파악하고 봉사하였다. 투루의 가장 중요한 역할은 지적인 능력과 감각 그리고 경험을 이용하여 "달과 별의 관측, 폭풍우의 징조에 대한 지식, 날씨와 농작물에 대한 예감"제5권 422쪽 등의 자연 현상들을 관찰하고 파악하는 것이다. 특히 그의 일 중 가장 중요하고 신성한 역할은 봄에

온갖 종류의 과일이나 채소의 씨 뿌리는 날을 결정하는 것이다제5권 421쪽.

기우사의 본분은 … 가뭄이나 홍수나 한파가 계속되어 부족이 굶주림의 위협을 받게 될 때 … 제물을 바치거나 주문을

외거나 기원하는 행렬을 만드는 것 등이 있었다제5권 422쪽.

날씨를 살피는 일 외에 투루의 일은 다음과 같다.

무당 또는 부적이나 마법의 약을 만드는 사람으로서 일이며 때로는 할머니의 영역을 넘어서지 않는 범위 안에서 의사로서의 역할을 맡았다제5권 422쪽.

투루는 "마법을 부리는 일, 귀신에 대한 주문이나 부적으로 쓸 수 있는 것에 정통"제5권 422쪽 이하한 마법사이며, 또한 훌륭한 채집가이자 "동식물계의 구성물 중에 약이 되는 것과 독이 되는 것"제5권 422쪽 이하에 정통한 의사였다. 그는 자연 관찰을 바탕으로 자연을 "지배하고 그 법칙을 구사한다는 목표를 추구하고 있었다"제5권 423쪽. 또한 기우사는 부족에게 기우사로서의 역할을 수행하기 어려울 때는 최종적으로 자신을 희생할 의무가 있다.

어떠한 권유나 탄원이나 위협으로도 귀신의 마음을 돌릴 수 없을 때 최후로 쓸 수 있는 틀림없는 방법이 … 마을 사람들이 바로 기우사를 제물로 바치는 것이다_{제5권 422쪽}.

(3) 크네히트의 견습기간: 연관과 질서의 의미

마을의 다른 사람과는 남다른 능력을 지니고 부족을 위해 봉사하는 투루는 모든 이로부터 존경을 받고 있다. 특히 크네히트는 투루를 대단히 존경하였다. 투루는 크네히트가 "자신의 뒤를 쫓아다니고 … 사냥꾼처럼 자기 뒤를 밟으며 말없이 자기를 섬기며 자기와 친해지고 싶어 한다는 것을 알고 있었다"_{제5권 413쪽}.

노인이 숲이나 늪 또는 황야의, 사람 눈에 띄지 않는 곳에서 덫을 놓거나 짐승의 발자국을 탐색하거나 약초의 뿌리를 파내거나 씨를 채집하고 있을 때, 문득문득 소년의 눈길을 느끼곤 했다_{제5권 416쪽}.

투루는 때로는 그를 내친 적도 있지만, "하루 종일 곁에 두고 시중들게 하면서, 이것저것 보여주고 알아맞혀 보게 하거나 직접 해보도록 해 주고, 약초의 이름을 알려 주고 물을 떠오게 하거나 불을 피우게 했다"제5권 416쪽. 투루는 크네히트가 좋은 기우사가 될 능력을 가지고 있고, 자신의 뒤를 이을 기우사가 될 것을 알고 있었다. 그러나 크네히트가 아직 어렸기 때문에 투루는 서두르지 않고 크네히트를 훈련시켰다. 크네히트가 좀 더 성장하자, 투루는 크네히트를 자기 오두막에 살게 하면서 제자로 삼았다. 투루가 크네히트에게 가르침을 전수하는 방법은 다음과 같다.

이런 가르침을 위한 개념이나 학설이나 방법, 말이나 수數도 필요 없었다. 있는 것이라고는 그저 몇 마디 말뿐이었다. 스승이 교육할 것은 크네히트의 지성이라기보다는 그의 감각이었다. 중요한 것은 전설과 경험, 그 당시 사람들의 자연에 대한 총체적 지식 같은 어머어마한 보화를 그저 관리하고 응용할 뿐 아니라 대를 이어 전하는 일이었다. 경험과 관찰과 본능과 탐구하려는 습관에 대한 거대하면서도 견고한 체계가 이 소년 앞에서 서서히, 환하게 펼쳐졌다제5권 417쪽.

기우사의 제자가 되어 훌륭한 기우사가 되기 위해 훈련 기간 동안 필요한 것은 지적인 능력보다는 '감각'이다. 크네히트는 투루를 통하여 "말과 이론보다 실례와 실물"제5권 423쪽로서 가르침을 받았다. 크네히트가 배워야 할 것 중, 가장 기초가 되는 것은 달에 관한 지식, 즉 달이 "차고 기우는 것"제5권 417쪽에 대한 관찰이다. 어느 날 투루는 크네히트를 숲으로 데려가 초승달이 떠오르는 광경을 보여주었다. 이 시기는 씨 뿌릴 수 있는 때를 의미한다. 투루는 숲 속에서 크네히트에게 다음과 같이 말하였다.

내가 죽으면 내 혼은 달로 날아간다. 그러면 너는 성인이 되어 아내를 맞이할 테지. 내 딸 아다가 네 아내가 될 것이다. 아다가 아들을 낳게 되면, 내 혼이 돌아와 너희 자식에게 깃들 거야. 그러니 내가 투루라는 이름을 가졌듯이 그에게도 투루라는 이름을 붙여 주어라"제5권 418쪽.

투루의 이 말은 탄생과 죽음, 남성과 여성 그리고 어머니를 통해서 이루어지는 통합의 상징 의미를 말하고 있다. 스승의 말을 들은 크네히트는 다음과 같은 생각을 하게 된다.

사물이나 사건 사이의 온갖 관계와 유대와 반복과 교차에 대한 예감에 이 젊은이는 이상할 정도로 감동을 받았다제5권 418쪽.

크네히트는 이 경험을 통하여 아버지와 어머니의 세계가 다른 세계이지만, 그럼에도 어머니 세계를 통하여 결합되는 삶의 총체성을 깨닫게 한다. 그러나 그는 삶의 총체성 속에서도 적대감, 싸움과 죽음이 포함되어 있음을 알게 된다.

일순간 모든 것을 정신으로 파악할 수 있고 모든 것을 알 수 있으며, 모든 것을 귀 기울여 들을 수 있는 것 같았다. 천체의 그윽하면서도 확고부동한 운행, 인간과 동물의 삶, 그들의 공동체와 적대감과 만남과 싸움, 크고 작은 모든 것, 개개의 생명 속에 포함되어 있는 죽음, 이 모든 일을 크네히트는 최초의 예감이 가져오는 전율 속에서 하나의 전체로서 보고 느꼈으며, 자신 또한 그 안에서 철두철미하게 분류되고 법칙의 지배를 받으려 정신에 친숙한 존재로서 편입되고 포함되어 있다고 느꼈다제5권 419쪽.

크네히트는 부정적이고 긍정적인 면을 동시에 가지고 있는 삶의 이중성과 생명과 죽음이 함께하는 것을 인식하게 되었다. 크네히트는 숲 속에서 모든 사물 관계에 대한 예감을 말해주는 정령이 다음과 같은 말을 하는 것으로 여겨진다.

생각하라, 이 모두가 존재한다는 것을, 달과 그대와 투루와 아다 사이에는 빛이 흐름으로 통하고 있다는 것을, 그리고 세계의 온갖 형상과 현상에 상응하는 것이 네 가슴속에 있다는 것을, 이 모두가 너와 관계가 있다는 것, 너는 인간이 알 수 있을 만큼 이 모든 일에 대해 알아야 한다는 것을제5권 419쪽.

크네히트는 숲 속의 정령의 음성을 통해 "그를 감동시킨 건, 전체에 대한 예감, 연관과 질서의 감정이 그 자신을 끌어들여 공동 책임"제5권 419쪽을 갖게 되면서, "천체와 정령과 인간과 동물과 약초와 독초 같은 모든 것에서 전체성을 파악하고, 개개의 부분과 특징에서 나머지 부분까지 알아낼 수 있었다"제5권 419쪽 이하. 이런 경험을 통해 크네히트는 "연관이라는 거대한 그물 속에 중심"이 있음을 알게 되고, 그런 연관의 중심에 있는 사람은 "정신의 힘으로 이 모든 놀라운 재능과 능력을 한 몸에 지니고 발휘할 것"제5권 420쪽을 알게 되었다. 크네히트는 스승과의 숲 속에서의 체험을 일종의 비밀의식으로 여겨졌다. 즉,

이 모든 것은 크네히트에게는 일종의 신비로운 의식으로 체험되고 기억되었다. 그것은 비결전수의 의식으로서, 어떤 동맹과 예식으로서 명명할 수 없는 세계의 신비에 대해서 헌신적이면서 명예로운 관계를 맺는 일이었다제5권 421쪽.

스승과의 숲 속에서의 체험을 통해 크네히트는 모든 재능과 능력을 발휘할 그런 인물이 되어 "삶에 존엄한 의의를 부여"제5권 420쪽해야 할 책임을 깨닫는다. 크네히트는 투루의 딸과 결혼하고 마침내 그의 모든 직무를 넘겨받았다. 투루는 죽었고, 크네히트는 기우사가 되었고 여러 명의 아이를 낳았으며 그중에 한 아이에게 투루라는 이름을 주었다.

(4) 기우사 크네히트: 달과 별의 관찰

기우사 크네히트의 가장 중요한 임무는 "계절과 날씨에 작용하는 달의 영향"제5권 425쪽을 연구하는 것이었다. 그는 이런 연구를 통해 "달에서 위험과 불행의 접근을 알아차리면서" "영원과 회귀에 대한 그의 신념, 죽음 역시 수정되고 극복될 수 있다는 신념"제5권 425쪽을 갖게 되었으며 "몰락과 부활"제5권 426쪽을 함께할 각오를 가지게 되었다.

기우사가 된 크네히트는 많은 "엄격한 시험을 거치"며 부족들에게 자신의 능력이나 헌신을 입증해야 했다. 그는 2년 동안 가뭄으로 인해 "굶주림과 절망"으로 인한 극한의 어려움이 발생되었던 시기에 "자신을 제물로 내놓"았다. 그리고 그는 위기의 순간에서도 "샘과 수로"를 찾아내어 "할머니의 불길한 절망감과 신경쇠약"을 진정시키면서 "삶과 사고를 정신적이고도 초개인적인 일에 바쳤다. 이러한 일들을 통하여 존경하고 관측하며 기도하고 봉사하고 제사에 관한 일을 익힌 사람이 그만큼 더 쓸모 있다는 것"제5권 427쪽을 부족들에게 확인시켰다.

크네히트는 "정신적인 인간은 사랑"을 지니고 있어야 하지만 동시에 "사기꾼", "요술쟁이", "기생충" 등과 같은 인물들, 즉 세상의 사악한 인물들을 알아보고 받아들여야 함을 인식하기도 한다. 그리고 자신도 그런 "사악한 속성과 본능"제5권 428쪽을 가지고 있음도 인식하게 된다. 크네히트는 자신의 스승 투루처럼 자연의 이치를 배우면서 자연의 힘에 관한 비밀스러운 관계들을 깨닫는다.

그는 나뭇잎에 나타난 무늬나 그물갓버섯의 머리에 있는 그물 모양의 선을 읽음으로써, 신비롭고 정신적이며 장래에 가능한 일들을 예감했다. 요컨대 그것은 기호의 마술이며, 수와 문자로 치는 점이며, 무한하고 수천 가지 형상을 한 사물들을 단순함과 체계와 개념으로 포착하는 마술이었다. 정신에 의해 세계를 포착하는 이 모든 가능성은 … 독특하고 유기적으로 그 안에서 자라고 있는 것이다제5권 430쪽 이하.

그는 기우사로서 비를 내리게 하는 제사를 지내기도 하고, 별과 달의 관계를 연구하여 기상 상태를 파악하거나 마을 사람들이 파종을 하기에 적합한 시간이 언제인지를 알려주었다. 그는 자연 현상들을 경험하고 그 이치를 터득하면서, 경험과 이성의 힘으로 우주 질서에 대한 통찰력을 얻기도 하며, 인간 정신으로 자연을 극복하여 마을 사람들이 풍요롭고 행복하게 살 수 있도록 도와주는 역할을 수행하는 자였다. 때로는 "자신과 세계 사이, 내부와 외부 사이의 차이를 완전히 없애는 결합과 유대"를 가진 이만이 느낄 수 있는 "감각"제5권 429쪽으로 날씨의 상태를 파악하기도 하였다.

(5) 마로

크네히트의 첫 번째 제자는 마로Maro이다. 그러나 크네히트가 보기에 마로는 기우사가 되기에 여러 가지 문제점을 가지고 있었다.

… 용기가 부족했다. 그중에서도 마로는 밤과 어두움을 두려워했다. … 관찰에 임하고, 천직을 우선으로 이행하고, 사상이나 예감에 몰두할 수 있는 재능도 완전히 갖추지 않았다. … 이 제자가 이기적인 의도와 목적을 가지고 있고 바로 그것 때문에 기우사의 술법을 습득하려고 한다는 사실이 분명

해졌다. 무엇보다도 마로는 중요한 인물로 여겨지기를 원했고 그럴듯한 역할을 맡고 사람들에게 인상을 남기고 싶어 했다. … 그는 갈채를 받으려 할 뿐만 아니라, 타인을 지배할 유리한 힘을 얻으려 했다제5권 433쪽.

크네히트는 봉사하려는 마음보다는 "타인을 지배할" 힘을 얻으려는 마로를 내보내고 자신의 아들 투루를 제자로 삼았다.

(6) 크네히트의 희생

어느 해 크네히트는 하늘과 땅 그리고 동식물의 상태가 "혼란에 빠지고 교란된 것"제5권 435쪽을 인식하게 되었다. 그때 크네히트에게 위안을 준 것은 "먼 곳에 차갑게 떠 있고 따뜻한 빛을 내뿜지는 않았지만 … 질서를 예고하고 영원을 약속해주는"제5권 436쪽 별이었다. 어느 날 밤 마을에 별과 유성이 수없이 떨어지면서, 마을 사람들 전체가 "불안과 공포"제5권 438쪽에 쌓이게 되었다. 그리고 점차 마을사람들은 "파멸이 다가왔다는 감정으로 … 모두가 도취 상태에

빠지고, 유성의 마술에 걸려 정신을 잃고 있었다"_{제5권 439쪽 이}
_하. 크네히트는 "모범과 이성과 대화와 설명과 격려로써 혼
란을 조정할 수 있으리라"_{제5권 440쪽} 생각했지만 실패하였다.
크네히트는 다른 방법을 이용하였다. 즉,

> 죽음의 불안을 지도하고 조직하여 형체와 표정을 갖추게 함
> 으로써 광란에 빠진 자들의 절망적인 혼란을 확고한 단일체
> 로 만들고 자제력을 잃은 난폭한 개개의 음성을 하나의 합창
> 으로 만드는 일은 가능했다_{제5권 441쪽}.

크네히트는 마을 사람들로 하여금 "기도문"과 "리듬에 맞
춰 중얼거리면서, 약간 허리를 숙이는 제례의 동작"_{제5권 441쪽}
을 하게 하였다. 그러자 사람들은 합창과 율동으로 즐거운
기분이 들고 공동체 의식을 갖게 되면서 "예배로 마귀의 힘
을 부드럽게 하고 하늘도 다시 질서를 되찾게 된 것이라는
구제된 듯한 감정을 품게 되었다"_{제5권 442쪽}.

그러나 크네히트는 이 날의 사건에서 미래에 나타날 재
난의 징조를 발견하였으며, 특히 "자신과 관련되어 있는 위

험과 위협"^{제5권 443쪽}을 감지하였다. 다시 봄이 오고, "파종하는 날을 결정하는 데 필요한 여러 가지 징조도 서로 일치하지 않았다"^{제5권 444쪽}. 할머니도 병이 들어 할머니의 동생이 그 자리를 물려받았다. 할머니는 결국 세상을 떠나게 되어, 파종은 연기되었다. 결국 새 할머니의 뜻에 따라 파종하였으나, 그해는 한파가 시작되고 여름이 되어서는 전대미문의 지독한 가뭄이 들었다. 크네히트는 스스로 마을 사람들을 위해 제물이 되기를 결정하였지만, 자신에게 배척당한 마로가 족장인 할머니에게 자신을 제물로 삼을 것을 요구했다는 사실을 알게 되었다. 그는 아들에게 다음과 같은 말을 한다.

내 목숨을 대가로 내놓으면 너는 그 순간에 내 자리를 맡아야 한다. 그때 네가 할 첫 번째 일은, 내 시신이 불타고 남은 재를 밭에 뿌리도록 사람들에게 요구하는 것이다. 사람들은 지독한 굶주림으로 겨울을 보내게 될 것이다. 하지만 그것으로 재난도 끝나게 된다. 씨를 뿌려둔 경작지는 어느 누구도 침범하지 못하도록 해야 한다. 그러는 자에겐 죽음으로 징벌

하여라. 다음 해에는 한결 나아질 것이다. 그러면 사람들은 새롭고 젊은 기우사를 맞이한 것이 잘한 일이었다고 말하게 될 것이다제5권 447쪽.

그는 아들 투루가 자신의 후계자가 되어 계속해서 마을 사람들의 삶에 봉사할 수 있음을 확인하고, 스스로 제물이 된다. 이는 니체적 의미로 지식인과 사상가는 죄인이며 성자는 스스로 문제가 있는 자임을 알기에,[76] 희생해야 한다는 것이다. 할머니가 도끼로 크네히트를 내리쳤고, 투루가 기우사가 되어 집행한 첫 번째 일은 아버지를 장작더미에 눕히고 불태우는 일이었다. 자신의 몸까지 희생하면서 사람들에게 봉사해야 하는 기우사 크네히트의 삶은 유희의 명인 크네히트의 봉사하는 삶의 의미와 연결된다.

2) 「고해사」

(1) 참회자 요제푸스 파물루스와 디온 푸길: 성찰적 삶과 실천적 삶의 전형

「고해사」는 성 힐라리온Hilarion의 시기, 즉 초기 기독교의 교부시대를 시대 배경으로 하여, 대립되는 성격의 두 참회자 요제푸스 파물루스Josephus Famulus와 디온 푸길Dion Fugil의 삶을 묘사하고 있다. 독일어에서 하인의 뜻을 지닌 크네히트처럼, Famulus도 라틴어에서 하인을 뜻한다. 이 이력서 속에는 "가난한 자와 이웃을 사랑하고 동경했던 죽음을 택하는 법과 속세와 자아를 망각"제5권 450쪽하는 것을 추구하는 기독교의 세계와 "태고적, 그리스도 이전, 옛 이교도적 지식의 잔재"제5권 457쪽의 두 세계가 표현되어 있다.

요제푸스는 "서른 살까지는 세속적인 생활을 하며 이교도의 책을 연구했는데", 좋아하던 한 여인을 통해 "하느님의 가르침과 기독교의 미덕"을 알게 되었다. 그는 "세례를 받고 죄를 짓지 않겠다는 서약을 하고, 몇 년 동안 그 도시의 사제 밑에서 지냈다"제5권 449쪽. 그는 36세가 되던 해 자신의 재산을 가난한 사람들에게 나누어주도록 하고, 광야에서 성 힐라리온처럼 "참회자의 가난한 삶"제5권 449쪽을 살게 되었다. 요제푸스의 봉사의 형태는 크네히트의 또 다른 형태의 봉사를 보여준다. 요제푸스는 양심의 가책으로 괴로워하는 세속인이 그에게 와서, 자기가 한 일과 고민과 유혹과 잘못을 고백하거나, 자신의 생애를 이야기하고 선을 위한 싸움과 또 그 싸움에서의 패배, 혹은 상실의 괴로움과 슬픔 따위를 고백하면, 요제프는 그 사람의 말에 귀를 기울이며 자신의 귀와 마음을 열고 그 번뇌와 걱정을 받아들여 위로하고 마음을 가볍게 해주거나 진정시켜 보낼 줄 알았다제5권 450쪽 이하.

요제푸스는 참회자의 고백이 끝나면 "고해자를 자기 곁에 불러 무릎을 꿇게 하고 주기도문을 읽어 주거나 이마에다 입을 맞춘다." 요제푸스는 다른 이들의 참회를 들으면서, "그저 침묵을 지키고" "죄를 사하거나 책망하지 않"으며 다만 "죄를 함께 나누어 가졌다"제5권 452쪽. 그는 고해신부로서 존경을 받았으며 그의 명성은 널리 알려졌다. 요제푸스는 자신과는 다른 형태로 참회자들을 도와주는 디온이라는 "존경받으며 위대한 고해신부이며 은둔자에 비교되기도 하였다"제5권 452쪽.

어쨌든 디온 수사도 방황하는 영혼에게는 신의 축복을 받은 조언자였으며, 위대한 심판관이었고 또한 죄를 문책하는 사람이었고 질서를 바로잡는 사람이었다. 즉 그는 죄과에 보상 방법을 알려주고 금욕이나 순례를 하게 하며 혼인을 성립시키며 적대자들을 화해시켰다. 그의 권위는 주교와 맞먹을 정도였다제5권 452쪽.

요제푸스와 디온은 각각 수동적이고 성찰하는 삶과 적극적이고 실천적 삶을 대변하는 인물이다. 이 두 사람의 관계는 크네히트와 데지뇨리와의 관계와 같다. 요제푸스는 스스로를 사람들을 위한 "신의 도구"로 생각했다. 그러나 요제푸스는 이런 일을 수행하면서 "영혼의 보물 역시 세속적인 것이 되며, 유혹의 덫에 걸릴 수 있다는 사실"제5권 453쪽을 알게 되었다.

어느 날 요제푸스는 사람들이 자신을 찾아오면 "자기도취에 빠지는 쾌감이요 허영이자 자기애"를 느꼈고 "고해자에 대한 냉정하며 쌀쌀맞은 감정뿐 아니라 경멸감마저"제5권 453쪽 갖게 되는 것을 스스로 깨닫게 되었다. 그는 스스로 겸

손한 마음으로 참회하면서 "하느님 안에서 평화"를 가지게 되었다. 그러나 그는 자신의 평화가 깨어지고 자신의 삶이 "무의미"제5권 455쪽함을 느끼고는 자살을 생각하기도 하였다. 요제푸스는 자신의 이제까지의 일이 "용서받지 못할 방법으로 구세주를 흉내"제5권 458쪽 내는 자신을 되돌아보고, "참을 수 없는 절박감으로 치밀어 오르더니 왈칵 쏟아지는 눈물을 흘리며 출구와 구원을 찾아"제5권 458쪽, 디온 푸길을 찾아갔다.

이 유명한 고해신부이며 영혼의 심판자이자 조언가는 자기에게도 충고와 판결과 벌을 내리고 길을 알려줄지도 모르는 일이었다. 하느님의 대리인이라도 만나듯 그의 앞에 서서, 그가 지시하는 바를 기꺼이 받아들이고 싶었다제5권 462쪽.

마침 디온 푸길도 참회자로서 한계를 느끼고, 요제푸스에 대한 소문을 듣고는 그를 찾아 나섰고 두 사람은 오아시스에서 만났던 것이다. 요제푸스는 처음에는 디온의 존재를 인식하지 못하다가 결국 그를 알아보게 되고, 그에게 고해한 후 그의 제자가 되어 함께 생활하게 되었다.

(2) 신화적 비유의 유희

어느 날 디온의 암자에 "어떤 학자인지 문필가인지 알 수 없는 사람"제5권 469쪽이 찾아와, 다음과 같은 말을 하였다.

그는 최초의 인간 아담이 십자가에 못 박힌 예수와 동일 인물이라고 했고, 예수의 구세 행위는 아담이 인식의 나무에서 생명의 나무로 옮아가는 일이라고 했다. 천국의 뱀은 신성한 원천이자 가장 어두운 심연의 문지기이고 그 심연의 어두운 샘에서 온갖 형상들, 모든 인간과 신이 비롯하는 것이라고 했다제5권 471쪽.

학자는 아담을 죄의 상징과 죽음, 그리고 삶으로 전이되는 죽음의 상징인 예수와 동일시하였다. '인식의 나무'는 학자에게는 '생명의 나무'이다. 융에 따르면 죽음의 깊고 어두운 심연의 동시성 현상은 삶이다. 즉, 원천으로서 죽음과 삶은 동시성을 의미한다.[77] 요제푸스는 디온이 그 학자의 이교도적인 이야기를 거부하지 않으면서 또한 그를 "기독교로 개종시키려"[제5권 470쪽] 하지 않는 것에 의아해하였다. 디온은 요제푸스에게 자신은 그 학자의 이야기를 즐거운 마음으로 들었으며, 학자가 "신화와 점성"에 대해 말한 것은 자신이 이해하는 것보다 월등하며, 자신의 젊은 시절을 생각하게 해주었다고 말한다. 디온은 "신화는 신앙의 표상이고 비유"[제5권 470쪽]이며, "옛 선조의 지혜에서 나온 그런 신앙은 존중할 만한 것"[제5권 471쪽]이라고 요제푸스에게 설명한다.

그가 평화롭고 조화롭게 이러한 상징과 비유의 지혜 속에서 살아가고 있는지 자네는 눈치채지 못했나? 그것은 그가 무엇에도 짓눌리지 않고 있다는 것, 만족하고 있으며 만사형통하다는 증거일세. 이처럼 잘 지내는 사람들에겐 우리로서도 할 말이 없지. 인간이 구원이나 구원해줄 신앙을 필요로 하고, 그가 자기 생각의 지혜와 조화에 대한 기쁨을 잃어버리고 구원의 기적에 대한 생각에서 일대 모험을 감행하려면, 우선 불행에, 대단한 불행에 빠져야 하고, 고통받고 환멸을 느껴야 하며, 쓰라림과 절망을 겪지 않으면 안 된다네[제5권 471쪽].

디온은 "이기적이고 음란하고 거만하며 화를 잘 내는" 사람들이 사실상 "어린애"라고 말했다. 오히려 그는 "지식이 있으며 사색하는 우리야말로, 사실상 인식의 나무 열매를 따먹은 죄인"이라 말하였다. 여기에서 디온은 기독교에서 말하는 "원죄"라는 의미를 부각시키고, "서로에 대해 … 형제로서 사랑을 보증할 수 있을 뿐, 상대방을 벌하여 치유할 수는 없"제5권 475쪽음을 요제푸스에게 설파하고 있다.

(3) 죽음: 극복의 장章

여러 해 동안 요제푸스와 디온은 함께 인류와 정신에 봉사하며 함께 보냈다. 몇 해가 지나 죽음이 가까이 온 것을 감지한 디온은 요제푸스와 함께 조그만 뜰 한구석에 무덤을 팠다. 그리고 디온은 자신의 무덤 위에 야자나무를 심으라고 하였다. 디온은 요제푸스에게 오아시스에서 그와 처음 만났던 당시의 자신의 상황을 요제푸스에게 고백한다. 디온은 자신도 요제푸스처럼 똑같이 "쓸모없고 정신적으로 무가치한 존재"제5권 477쪽라는 생각을 갖게 되어 그를 만나 "고통을 고백하고 조언을 구하자, 혹 아무 충고도 얻지 못

한다 하더라도 위로나 격려라도 얻어"제5권 478쪽 오자고 그를
찾아 떠나게 되었다는 것을 고백하였다. 그리고 디온은 다
음과 같이 말한다.

그러한 죽음을 준비한다는 것이 단순히 죄나 어리석은 일이
아니라는 것일세. … 하나님께서 우리에게 죽음을 보내시어
현세와 육체에서 우리를 해방시키고 그분에게로 불러가는
것이라면, 그것은 커다란 기쁨일세제5권 479쪽.

요제푸스와 디온은 희생과 봉사활동을 하면서 동시에 그
로 인해 지치고 절망과 의혹을 느끼기도 하지만, 두 사람
모두 극복해내는 과정을 겪고, 그리고 마지막에 가서 죽음
을 통해 "새로운 생명"을 얻게 될 수 있음을 깨닫게 되었다.
디온은 크네히트에게 마지막에 다음과 같이 이야기한다.

하나님이 그를 나에게 보냄으로써 그가 스스로 깨닫게 되고
그 사람과 더불어 나 자신을 깨닫게 하고 우리의 마음을 치
유하게 하시는 거로구나제5권 478쪽.

즉, 디온은 다른 사람을 통해 자신을 바라보게 된 것이다. 헤세는 크네히트에게 요제푸스와 디온은 의혹을 극복하면서 완벽함과 합일에 이르는 삶을 보여주고, 삶과 정신에 봉사하는 존재 양상을 우리에게 제시하고 있다.

3) 「인도의 이력서」

「인도의 이력서」의 배경은 헤세가 특별히 친근하게 여기는 동양의 정신이 깃들어 있는 고대 인도의 세계이다. 「인도의 이력서」의 주인공은 인도어로 하인, 즉 봉사한다는 뜻을 지닌 다자Dasa라는 이름을 지닌다. 「인도의 이력서」는 다자라는 왕자가 최고 지위의 복된 삶에서부터 다양한 삶의 우여곡절을 겪는데 마지막에 가서는 자신의 사랑하는 아들의 죽음으로 인한 슬픔과 의혹에 빠지지만, 감옥에서 깨어나 보니 모든 것이 꿈이었음을 깨닫게 되는 내용이다. 즉, 「인도의 이력서」는 인간의 삶이 로마의 신화에 나오는 운명의 여신 포르투나Fortuna의 수레바퀴처럼 인생에서 영광과 좌절 그리고 환희와 고통이 항상 순환하며, 결국은 제자리로 돌아온다는 것을 암시하고 있다.

(1) 다자의 운명

다자는 갠지스 강가에서 지배자로 군림하는 라바나Ravana 왕의 아들로 태어났다. 그러나 어머니가 돌아가시자, "야심이 많은"제5권 480쪽 새어머니가 들어왔다. 그녀는 자신이 낳은 날라Nala로 하여금 대를 이으려 하였다. 그녀로 인하여 다자가 어려움을 겪게 될 것이 예상되자, 브라만 승려이자 라바나 왕의 궁내관인 바주데바Vasudeva는 다자를 먼 산간 지방으로 데려가 양치기로 만들었다. 다자는 과거의 생활을 완전히 잊지는 않았지만 목자로서 소를 돌보며, 자연에서 "숲과 나무들과 그 열매"제5권 481쪽와 더불어 사는 것에 만족하였다.

목자로 생활하던 중 다자는 새, 원숭이, 나비, 맹수와 양치식물이 있는 아름다운 숲 속의 조그만 움막에서 수행하는 성자를 만나게 되었다. 다자는 여러 성자를 만났으나 이 성자가 그 어떤 성자보다도 "성스러운 영기와 위엄의 마력, 집중된 열기와 요가의 힘으로 나오는 큰 파도와 화염이 에워싸고"제5권 482쪽 있음을 알게 되었다. 다자는 그 성자가 내면세계 속에 침잠하여 현실이 그에게는 아무 의미가 없는

154

것을 깨닫게 되었다.

이 모든 것, 눈에 보이고 귀에 들리는 것, 아름답거나 추악한 것, 사랑스럽거나 두려움을 일으키는 것 등 이 모든 것이 이 성자와는 아무런 관계가 없다는 것을 다자는 이해하기 시작했다. 비는 그를 춥게도 불쾌하게도 할 수 없을 것이고, 불은 그를 태울 수 없을 것이다. 그를 에워싸고 있는 세상 전체가 그에게는 껍질일 뿐 아무런 의미가 없어진 것이다제5권 483쪽.

다자는 성자가 존재의 본질에 도달한 인물임을 깨닫는다.

그 요가 수도자가 … 감각이라는 마법의 그물인 빛과 소리와 색깔과 느낌의 유희를 깨부수어 떨쳐버리고는 본질적이고 변하지 않는 것에 단단히 뿌리박고 있다는 것을 느꼈기 때문이다제5권 483쪽.

다자는 그 성자에게서 깊은 감동을 받고는 자주 그를 찾아가 시주를 하였다. 어느 날 그는 라바나가 날라를 후계자로 삼아 왕이 되었음을 선포하는 날을 정했다는 소식을 듣게 되었다. 그는 이 축제에 버터를 봉납하는 일을 맡게 되어 축제에 참석하게 되었다. 다자는 성대하고 화려한 왕의 행렬과 도시의 거대함과 아름다움에 황홀하기도 하면서도, 동시에 도시에 대해 냉철하게 비판적인 마음을 갖게 되었다.

그 후 다자는 다른 지방으로 옮겨 가서는 그곳 소작인의 딸인 아름다운 프라바티Pravati를 알게 되고 사랑에 빠지게 되었다. 그는 프라바티와 결혼하기 위해 목동 생활을 정리하고, 소작인의 데릴사위가 되어 열심히 일하면서 아내와의 행복한 삶을 누렸다.

프라바티의 얼굴과 자태에서 빛을 발하였던 은밀한 사랑의 쾌락에 대한 약속은 다자로 하여금 다른 모든 것을 눈멀게 하고 오로지 이 여인에게 몰두하게 할 만큼 대단히 유혹적이었다제5권 487쪽.

그러던 어느 날 자신의 이복동생 날라가 왕이 되어 다자가 살고 있는 마을에 사냥을 하러 나타나 자신의 아내를 데리고 간 것을 알게 되었다. 다자는 아내를 찾아 날라의 천막으로 갔다가 자신의 아내가 날라와 함께 있는 것을 보게 되었다. 그는 "고통과 분노, 상실감과 모욕감"제5권 488쪽에 가득 차, 날라의 천막을 찾아가 투석기로 그를 죽이게 되었다. 살인자가 된 다자는 대나무 숲으로 도피를 한 후, 몇 달 동안 방랑 생활을 하였다. 결국 그는 "가장 명랑했던 청년 시절을 상기시켜 주었"던 "친구들과 소떼를 돌보던 녹초지"에 도달하게 되었고 그곳이 자신의 "고향"제5권 491쪽처럼 여겨졌다. 그리고 그는 자신이 목자 생활을 하다가 만났던 성자를 만나 그의 옆에서 봉사 생활을 하면서 과거의 경험과 미래의 일도 생각하지 않고 평화로이 살게 되었다. 그는 성자처럼 요가를 하며 "자신을 에워싸고 있는 주변의 일에 무관심하려고 노력했다"제5권 493쪽.

(2) 환상으로서의 다자의 삶
아내와의 재회 그리고 아들의 탄생
다자는 성자에게 이제까지 자신의 삶과 자신의 아내를

데리고 간 이복동생이자 현재의 왕을 죽이게 되었고 자신이 왕의 살인사건으로 쫓기게 되어 두렵다고 토로하였다. 이에 성자는 모든 일이 "환상Maya"제5권 495쪽이라고 말하였다. 다자는 성자의 웃음의 의미를 알고자 고민하다 그를 떠나려 하면서, 마지막으로 "환상"에 대해 알려줄 것을 청하였다. 성자는 다자에게 바가지를 주고 손을 씻으라고 하였다. 그리고 남은 물을 버리고 새 물을 떠오라고 한다. 그는 우물로 가서 물을 뜨다가, 자신의 아내 프라바티의 소리를 듣고는 바가지를 던져버리고 아름답게 치장한 그녀에게 달려갔다. 그녀는 다자가 왕이 되었으며 날라를 죽인 살해자의 추격이 중단되었음을 알려주었다. 다자는 다시 "행복, 사랑, 쾌락, 삶의 기쁨, 열정"을 찾은 것 같았다. 그리고 그는 곧 "숲"과 "물을 길어야 했던 노인의 바가지"제5권 498쪽도 잊어 버렸다.

그는 다시 수도로 가서 왕이 되어 부와 권세를 누리며 행복한 나날을 보내고, 드디어 라바나Ravana라는 아들을 얻게 된다. 그러나 다자는 현실의 풍요로운 삶에서 즐거움을 느끼는 프라바티와는 달리 "정원"제5권 500쪽에서 기쁨을 느끼고, "학문, … 시와 격언, 독서술과 필법을 배웠다." 그러나 "재물과 행복, 정원과 책"제5권 501쪽을 누리며 살던 다자는 삶이 "환상"임을 느끼게 되고, 프라바티의 아름다움도 그 매력을 잃었음을 깨닫게 된다. 다만 그에게 그 어떤 것보다 사랑스럽고 소중한 것은 아버지의 이름을 딴 아들 라바나였다.

전쟁 체험과 아내와의 갈등

그러던 중 새어머니가 도망을 간 이웃 고빈다의 군사들이 국경을 침략하고 약탈하여, 두 나라는 잦은 충돌을 하게 되었다. 그는 약탈하는 이웃 나라를 추적하러 가면서, 갑자기 전쟁을 하는 인간들의 모든 행위에 대한 무의미성을 느끼고 심지어 "동정"제5권 503쪽의 마음을 갖게 되었다. 그러나 그는 약탈 행위로 인하여 백성뿐만 아니라, 자신도 아들 라바나를 잃을 수도 있을 것이라는 마음으로 추격을 계속하였다. 전쟁은 계속되었고, 다자는 사람들이 피해를 당하고 죽게 되는 전쟁의 "의미와 소득"제5권 505쪽에 대해 회의를 하게 되면서, 이웃과의 갈등을 평화로운 방법으로 해결하려

하였다.

그러나 프라바티가 이웃 나라가 더 이상 자신의 나라를 공격하지 말도록 전쟁을 계속해야 한다는 주장을 하면서, 두 사람의 사이는 멀어지게 되었다. 급기야 궁중에는 "학식이 많고 명상에 몰두하는" "평화당"과 "프라바티와 고팔라 Gopala의 당이라 할 수 있는, 대부분의 승려와 장교 전체"가 한편인 "전쟁당"으로 나누어지게 되었다. 결국 다자는 "그의 마음에는 거슬렸지만, 전쟁에 그 목적을 둔 일을 하고 힘든 노력을 기울이는 나날을"[제5권 507쪽] 보내게 되었다. 그러던 중 다자는 자신의 이제까지의 삶에 대해 회의하게 되고, 숲 속 성자와의 삶을 그리워하게 된다. 다자는 자신의 아내가 "당장의 전쟁을 하여 승리를 거두자는 주창자"[제5권 509쪽]인 기병대 사령관 비슈바미트에게 관심을 가지는 것을 알게 된다. 그는 프라바티를 원망하지 않고, "희망에 대한 욕구와 명예욕을 벗어나 아무 불만 없는 목동으로" 살면서 "요가의 길을 가며 내면의 부족한 점을 극복하는 길"이 자신의 길임에도 그것을 소홀히 했고 사랑하는 아들의 존재가 주는 행복의 대가로 "마음에 고통과 쓰라림"[제5권 510쪽]을 가지게 되었음을 깨닫게 되었다.

(3) 모든 것이 환상 그리고 봉사하는 삶

어느 날 이웃 나라가 다자의 수도를 공격하여 궁궐이 포위되었다. 결국 다자와 프라바티는 포로가 되고 사랑하는 아들이 죽은 것을 알게 되었다. 그는 감옥에서 쓰러져 잠이 들었다 깨어나니, 자신이 감옥에 있는 것이 아니라 성자가 준 바가지를 들고 숲 속에 있다는 것을 깨달았다. 그는 실질적인 환상의 세계를 경험한 것이다.

그는 전쟁에 패하지도 아들을 잃지도 않았다. 왕도 아니었고 아버지가 된 적도 없었다. 그러나 그 요가 수도자가 그의 소원을 들어주었고, 환상에 대해 가르침을 주었던 것이다. 궁전과 정원, 책들과 새 기르기, 제왕의 근심과 아버지의 사랑, 전쟁과 질투, 프리바티에 대한 사랑과 심한 불신 모든 것이 무無였다"제5권 513쪽.

다자는 숲에서 성자의 심부름을 하다가 프라바티의 목소

리를 듣고, 왕이 되고 아들을 낳고 이웃 나라와 전쟁을 하다가 아들을 잃는 상황까지의 삶이 시간적으로 "15분" 정도의 "꿈"임을 깨닫게 되었다. 다자는 영원히 돌아가는 인생의 바퀴를 "정지시키고 소멸"시켜, 고통스러운 삶의 시련에서 "평온"제5권 515쪽을 얻고자 죽음을 바라지만, 죽음은 하나의 "휴식"일 뿐이고 삶은 계속되는 것임을 깨닫게 되었다. 결국 그는 바가지에 물을 채워 스승에게로 가서 봉사하는 삶을 사는 것이 가장 최선의 선택임을 깨닫게 되었다.

그에게 요구된 것은 봉사이고 부탁이었다. 그의 말을 따라 그대로 실행해도 좋았다. 그 편이 앉아서 자살 방법을 생각하는 것보다 나았다. 지배하고 책임을 지는 것보다도 복종하고 봉사하는 것이 훨씬 쉽고 보다 좋고 훨씬 거리낌 없고 몸에 편안했으며, 훨씬 더 순수하고 건강에도 좋았다제5권 515쪽.

수도자인 스승은 다자가 왕의 권력 그리고 아름다운 여인과의 삶도 모두 무無이고 '환상'임을 깨닫도록 하고, "제자의 머리에서 무익한 상념을 떨쳐버리고 규율과 봉사"를 하

도록 한다. 소설의 마지막에 "형태나 사건"[제5권 516쪽]을 남기
지 않는 '무익한 상념'에 대한 포기는 쇼펜하우어적 의미로
환상으로 인식한 세계 속에서 의지를 포기하는 것이며, '규
율과 봉사'에 전념하겠다는 뜻이다. 다자가 왕의 자리를 버
리고 낮은 자세로 스승에게 봉사하며 살고자 선택한 것은
크네히트가 유희의 명인의 자리를 내려놓고 세상으로 나가
티토를 가르치려 결정하는 것과 일맥상통한다.

제10부
맺는 말

『유리알 유희』는 양적인 면에서뿐만이 아니라 내용적인 면으로 보아 이해하기가 그다지 쉬운 책은 아니다. 이미 1947년 독일의 목사이자 신학자이며 베를린 대학의 교수로 역임했던 슐체Friedrich Schultze도 신문 〈아우프바우Aufbau〉에서 『유리알 유희』의 난해성을 지적하고 있다. 슐체는 『유리알 유희』를 "하나의 성찰일 뿐"이라 평한다. 또한 그는 『유리알 유희』가 당시 독일에서는 쓰일 수 없는 작품이며, 헤세가 말년에 거주한 스위스의 작은 마을 테신Tessin의 평화로움이 『유리알 유희』를 가능하게 한 것이라고 말한다. 그는 『유리알 유희』가 "숲이 우거진 산과 푸른 호수, 평화로운 언덕길, 햇빛이 비추는 들판, 끝없는 초목들의 다채로움"이 있는 테신의 고요함과 정적 속에서나 읽을 수 있는 책이라 지적하고 있다. 이런 의미는 『유리알 유희』가 현실 도피주의적 요소를 지니고 있다는 비판과도 연관된다.[78] 또한 슐체는 『유리알 유희』를 12개의 장으로 된 본문 외에 13편의 시와 3편의 이력서로 구성된 외적인 형식으로 인하여 산만하다는 지적을 하며, 대가인 혜세 작품에 대한 기대가 충족되었으면서도 "실망"이라는 단어를 쓰며 비판하고 있다.

그럼에도 슐체는 『유리알 유희』가 인간정신을 독특하게 표현하고 있고 삶의 실질적 요구 외에도 정신의 필연성을 보여주었기 때문에, 여러 문제점에도 불구하고 『유리알 유희』에서 예술적이고 시적인 의미를 높이 평가할 수 있다고 말하고 있다. 슐체는 『유리알 유희』의 카스탈리엔의 독특한 시스템을 다음과 같이 평하고 있다. 『유리알 유희』의 카스탈리엔은 유토피아적 대학, 수도원, 예술가 협회의 특성을 지닌 정신의 공화국이라는 것이다. 그 공화국은 다른 정서들로 인해 방해받지 않으면서 풍요롭고 지혜로운 성직계급 제도하에 정신의 자유와 동시에 개인적인 종속을 독특

하게 결합시킨 곳으로, 가톨릭적 요소를 지닌 이상향의 삶의 형태를 취하고 있음을 슐체는 지적한다.[79]

읽기가 쉽지 않다는 슐체의 지적은 『유리알 유희』가 문학과 학문적 문학 사이의 경계가 불분명하기에 "사상 소설 Gedankenroman"이란 평가를 받는 것과도 일맥상통한다. 『유리알 유희』는 복잡한 플롯의 전개 외에도, 학문, 예술 그리고 명상들을 통합하고 카스탈리엔이라는 상상의 공간 속에서 모든 학문의 합일에 대한 희망이 담겨져 있기 때문이다.[80] 2200년에 설립된 정신의 공화국이자 영재 학교인 카스탈리엔에서 크네히트는 인상적인 스승인 음악 명인의 전형을 내면화하고, 명상을 통하여 순화되면서 지혜롭고 조화로운 인물이 된다. 그리고 크네히트는 카스탈리엔에서 교육을 받으면서, 죽림에서 연구하는 노형을 통해 중국의 정신을 전수받고 한동안 베네딕트 교단의 수도원에 머물며 수도사의 정신을 배우고, 야코부스 신부에게서 역사의 의미를 깨닫게 된다. 그는 결국 카스탈리엔 속에서 성찰하는 인간에서 세상 속에서 교육자의 전형으로 행동하는 인간으로 남고자 한다. 이러한 크네히트가 추종하는 삶은 그의

3편의 이력서 속에 등장하는 다양한 시대 속 세 인물의 삶을 통해 볼 수 있는 다양하게 변용된 형태의 봉사로 설명할 수 있다.

헤세는 카스탈리엔과 바깥세상 사이의 대립을 합일하려 시도하였다. 즉, 정신의 영역인 카스탈리엔은 바깥세상의 물질적 도움을 통해서, 바깥세상은 카스탈리엔의 지적이고 학문적 상부구조를 통해 존재할 수 있음을 크네히트의 삶을 통해 보여주고 있는 것이다.

참고문헌

1. 1차 문헌

부르크하르트, 야콥, 『세계 역사의 관찰』, 안인희 옮김, 휴머니스트, 2008.

키르케고르, 쇠얀, 『이것이냐 저것이냐』, 임춘갑 옮김, 서울, 2012.

Goethe, Johann Wolfgang von, *Faust,* München, 1978.

Hesse, Hermann, *Gesammelte Werke in 20 Bänden*, Frankfurt/M., 2002.

_____, *Gesammelte Briefe in 4 Bänden*, Frankfurt/M., 1982(약자: HB).

2. 2차 문헌

사무엘, 앤드류, 쇼터, 바니, 플라우트, 프레드, 『융분석 비평사전』, 민혜숙 옮김, 동문선, 2000.

쇼펜하우어, 아르투어, 『의지와 표상으로서의 세계』, 홍성광 옮김, 을유문화사, 2009.

Esselborn-Krumbiegel, Helga, *Hermann Hesse*, Stuttgart, 1996.

Field, George Wallis, *Hermann Hesse. Kommentar zu sämtlichen Werken*, Stuttgart, 1977.

Herforth, Maria-Felcitas, *Erläuterungen zu Hermann Hesse. Das Glasperlenspiel*, Hollfeld, 2001.

Huizinger, Johann, *Homo Ludens. Vom Urzprung der Kultur im Spiel*, Hamburg, 2004.

Marti, Fritz, *Hesse-Kommentar zu sämtlichen Werken*, München, 1990.

Michels, Volker(Hrsg.), *Materialen zu Hermann Hesses 「Das Glasperlenspiel」 Bd. 1*, Frankfurt/M., 1973.

_____, *Materialien zu Hermann Hesses 「Das Glasperlenspiel」 Bd. 2*, Frankfurt/M., 1974.

Michel, Willy und Michel, Edith, *Das Glasperlenspiel. In: Interpretationen. Hermann Hesse Romane*, Stuttgart, 1994.

Remys, Edmund, *Hermann Hesse's Das Glasperlenspiel. A Concealed Defence of the Mother World*, Frankfurt/M., 1983.

Schneider, Christian Immo, *Hermann Hesse*, München 1980.

Schwilk, Heimo, *Hermann Hesse. Das Leben des Glasperlenspielers*, München, 2012.

Wehdeking, Volker, *Hermann Hesse,* Marburg 2014.

Zeller, Bernhard, *Hermann Hesse. Eine Chronik in Bildern*,
    Frankfurt/M., 1960.

주석

1) Joseph Mileck: Das Glasperlenspiel–Genesis, Manuscripts and History of Publication. 1970, S.58.

2) Willy Michel und Edith Michel: Das Glasperlenspiel. In: Interpretationen. Hermann Hesse Romane. Stuttgart 1994, S.132.

3) zitiert nach George Wallis Field: Hermann Hesse. Kommentar zu sämtlichen Werken. Hans-Dieter Heinz. Stuttgart 1977, S.129.

4) Volker Wehdeking: Hermann Hesse. Marburg 2014, S.117.

5) Maria-Felcitas Herforth: Erläuterungen zu Hermann Hesse. Das Glasperlenspiel. Hollfeld 2001, S.28.

6) Maria-Felcitas Herforth: a.a.O., S.10f.

7) Zitiert nach Volker Michels: Materialien zu Hermann Hesses 「Das Glasperlenspiel」 Bd1. Frankfurt am Main 1974, S.63f.

8) Eike Middell: Hermann Hesse. Die Bilderwelt seines Lebens. Fankfurt am Main 1975, S.251.

9) Bernhard Zeller: Hermann Hesse. Eine Chronik in Bildern Frankfurt am Main 1960, S.130.

10) Vgl. Heimo Schwilk: Hermann Hesse. Das Leben des Glasperlenspielers. München 2012, S.368.

11) George Wallis Field: Hermann Hesse. Stuttgart 1977, S.151.

12) Ebd., S.124ff.

13) Vgl. Heimo Schwilk: a.a.O., S.378.

14) Zitiert nach Ernst Robert Curtius: Der Homo Ludens. In: Materialien zu Hermann Hesses 『Das Glasperlenspiel』 2.Bd. Hrsg. von Volker Michels. Frankfurt am Main 1974, S.69.

15) George Wallis Field: a.a.O., S.153.

16) Johann Huizinger: Homo Ludens. Vom Ursprung der Kultur im Spiel. Hamburg 2004, S.12.

17) Ebd., S.9.

18) Ebd., S.57.

19) Vgl. Ebd., S.27-30.

20) Vgl. Volker Michels: a.a.O., S.69.

21) Willy Michel und Edith Michel: a.a.O., S.142.

22) 쇠얀 키르케고르: 이것이냐 저것이냐. 임춘갑 옮김. 서울, 2012, 290-327쪽 참조.

23) Vgl. Theodore Ziolkowski: The Novels of Hermann Hesse. A Study in Theme and Structure. Princeton 1965, S.285.

24) Gisela Pohlmann: Das Problem der Wirklichkeit bei Hermann Hesse. Münster 1951, S.185.
이인웅: 헤르만 헤세의 『유리알 유희』에 나타난 중국적 요소. 헤세연구 제2집. 1999, 102쪽 참조.

25) Vgl. Gisela Pohlmann: a.a.O., S.186.

26) 야콥 부르크하르트: 세계 역사의 관찰. 안인희 옮김. 휴머니스트 2008, 98쪽.

27) Vgl. George Wallis Field: a.a.O., S.124.

28) HB 2, S.438.

29) Vgl. Willy Michel und Edith Michel: a.a.O., S.149.

30) Vgl. Ebd., S.149.

31) Vgl. Heimo Schwilk: a.a.O., S.362f.

32) Vgl. Gisela Pohlmann: a.a.O., S.208.

33) Volker Michels: Materialien zu Hermann Hesses 『Das Glasperlen-spiel』Bd.1. Frankfurt am Main. 1973, S.277.

34) Eike Middell: a.a.O., S.245.

35) Mark Boulby: Hermann Hesse. His Mind and Art, Ithaca; Cornell University Perss 1967, S.286.

36) Vgl. George Wallis Field: a.a.O., S.160.
   앤드류 새뮤엘, 바니 쇼터와 프레드 플라우트: 융분석비평사전. 민혜숙 옮김. 동문선 2000, 226쪽.

37) Theodore Ziolkowski: a.a.O., S.312.

38) 이인웅: 헤르만 헤세의 『유리알 유희』에 나타난 중국적 요소. 헤세연구, 제2집 1999, 119쪽 이하 참조.

39) George Wallis Field: a.a.O., S.134.

40) Theodore Ziolkowski: a.a.O., S.284.

41) Eike Middell: a.a.O., S.262.

42) Volker Wehdeking: a.a.O., S.121.

43) 야콥 부르크하르트, 위의 책, 68쪽 이하.

44) Malte Dahrendorf: Der 'Entwicklungsroman' bei Hermann Hesse. Dissertation. Hamburg 1955, S.221.

45) 재인용. 이신구: 헤세와 음악. 태학사 1999, 164쪽.

46) Hermann Hesse: Eigensinn. Autobiographische Schriften 2. Frankfurt am Main 1972, S.81.
   Vgl. Bernard Zeller: a.a.O., S.36.

47) zitiert nach Theodore Ziolkowski: a.a.O., S.314.

48) Theodore Ziolkowski: a.a.O., S.315.

49) Ebd., S.320.

50) Ebd., S.315.

51) Vgl. Gisela Pohlmann: a.a.O., S.196.

52) Hans Hilbk: a.a.O., S.65.

53) George Wallis Field: a.a.O., S.135.

54) Hans Hilbk: a.a.O., S.31.

55) Theodore Ziolkowski: a.a.O., S.285.

56) Hemann Hessse Brief von 25.09.1933. zitiert nach Hans Hilbk: a.a.O., 31.

57) Zitiert nach Hans Hilbk: a.a.O., S.33.

58) Theodore Ziolkowski: a.a.O., S.322.

59) George Wallis Field: a.a.O., S.150.

60) Zitiert nach George Wallis Field: a.a.O., S.141f.

61) Christian Immo Schneider: Hermann Hesse. München 1980, S.225.

62) Vgl. George Wallis Field: a.a.O., S.136f.

63) Zitiert nach Volker Michels: a.a.O., S.279f.

64) Heimo Schwilk: a.a.O., S.364.

65) Zitiert nach Volker Michels: a.a.O., S.279.

66) George Wallis Field: a.a.O., S.143.

67) Ebd., S.145.

68) 아르투어 쇼펜하우어: 의지와 표상으로서의 세계. 홍성광 옮김, 을유문화사 2009, 10-15쪽 참조.

69) George Wallis Field: a.a.O., S.145.

70) George Wallis Field: a.a.O., S.146.

71) Vgl. George Wallis Field: a.a.O., S.124.

72) Vgl. Volker Michels: a.a.O., S.294.

73) Edmund Remys: Hermann Hesse's Das Glasperlenspiel. A Concealed Defence of the Mother World. Frankfurt am main, 1983, 71p.

74) HB 2, S.418. Brief an seine Schwester Adele von Ende März 1934.

75) Vgl. Gisela Pohlmann: a.a.O., S.194.

76) Eike Middell: a.a.O., S.270.

77) Zitiert nach Eike Middell: a.a.O., S.247.

78) Helga Esselborn-Krumbiegel: Hermann Hesse. Stuttgart 1996, S.93.

79) Friedrich Schultze: Der Aufbau. Jg.3, Heft 5, 1947, In: Hermann Hesse im Spiegel der zeitgenössischen Kritik. Adrian Hsia(Hrsg.) Bern und München, 1975, S.408ff.

80) Rudolf Hartung: Die Fähre. Jg.2. Heft 7, 1947, In: Hermann Hesse im Spiegel der zeitgenössischen Kritik. Adrian Hsia(Hrsg.) Bern und München, 1975, S.414.